폴픽

Polar Fix Project

국립중앙도서관 출판예정도서목록(CIP)
폴픽 : polar fix project : 김병호 소설 / 지은이: 김병호.
 -- 대전 : 스토리밥 출판, 2017
   p. ;   cm. -- (스토리밥 문학선 ; 1)
2013년 아르코문학창작기금을 수상한 작가의 작품임
ISBN 979-11-960472-0-7 03810 : ₩13000
한국 현대 소설[韓國現代小說]
813.7-KDC6
895.735-DDC23   CIP2017006693

폴픽
Polar Fix Project

김병호 소설

Polar Fix Project

1.

시작

이 파일을, 그리고 이 파일 안의 내용을 어떻게 설명해야할지 나는 어떤 갈피도 찾지 못하고 있다. 아니 일개 무명작가인 내가 이 현상을 설명하려 든다는 것 자체가 어불성설이다. 또 깊은 진정성의 얼굴을 가지고 이야기한다고 한들 누구도 내 말을 믿지 않을 것이다. 설혹 믿는 사람이 있다손 치더라도 지구상에 들러붙어 제 앞의 생에 짓눌려 아등바등 겨우 버티고 있는 인류가 할 수 있는 일은 아무것도 없다는 무력감만 확인하는 일이다. 그리고 남는 것은 절망이라는 정신적인 자살이 유일한 선택이다. 그러나 이런 일을 경험하고 아무것도 하지 않는다면 그것 또한 인간의 본성은 아니다. 미래가 가지고 있는 유일한 당위가 죽음인 것처럼 내가 할 수 있는 한 가지는 그래서, 글로 옮기는 것뿐이다. 이 글에는 아무런 목적도 없고 또한 해법도 없다. 단지 내가 본 사실을 전하는 것밖에.

파일은 그저 하나의 동영상 파일이었다. 정확하게 말하면

2017년 3월 20일 월요일, 새벽 2시경에 다운 받은 파일이다.

초저녁이었다. 중학생인 딸아이와 엄마의 전투가 시작되는 소리를 듣고 조용히 집을 빠져나왔다. 물론 옆 동에 사는 술친구에게 메시지를 보내는 일도 잊지 않았다. 그날따라 서로 흥이 맞아 2차 맥주집까지 순례하고도 아쉬운 입맛을 다시며 12시경에 조용히 집으로 스며들었다. 언제 싸웠냐는 듯 두 여자는 서로에게 발을 올리고는 곤히 자고 있었다. 찬바람에 떨다가 뒤집어쓴 집안의 온기는 취기를 다시 머리 위로 끌어올렸다. 그냥 잘 수 없는 시간이고 그냥 잘 수 없는 정신 상태였다. 뭐라도 해야 잠을 불러낼 수 있는, 말 그대로 지겹기도 하지만 편안한 일상이었다. 그 순간까지는.

컴퓨터를 켜고는 하릴없이 인터넷 공간 여기저기를 배회하는 사이 우연히 최신 영화 하나가 걸려들었다. 달 탐사의 비밀을 미스터리 형식으로 푼 영화로 상업성이라곤 거의 없어 보였고 그렇기에 극장에 걸릴 기회도 가지지 못하고 인터넷의 어느 구석으로 직행한 영화였다. 다운로드가 끝나자 폴더가 하나 만들어져 있었고 영화파일과 자막파일이 그 안에 얌전히 들어앉아있었다. 그런데 두 개의 파일 옆에 또 다른 파일 하나가 놓여있었다. 정체불명의 파일이었다. 1M의 비교적 작은 용량이었으며 아무런 확장자도 붙어있지 않아 윈도우도 그 파일의 정체를 파악하지 못하고 있었다.

반사적으로 떠오르는 행동은 백신 프로그램을 통과한 신종 바이러스로 간주하고 신속하게 지우는 일이었다. 그러나 파일은 지워지지 않았다. 명령 자체가 먹히지 않았다. 재빨리 DOS 창을 띄우고 DOS명령으로 지우기를 시도했으나 파일은 바위처럼 꿈쩍하지 않았다. 술이 확 깰 일이었다. 악성바이러스에 감염되어 컴퓨터를 들고 이리저리 뛰다가 결국 하드디스크를 포맷했던 악몽 같은 현실을 바로 얼마 전에 경험했기 때문이다. 이 세상에서 어떤 빛도 영광도 누리지 못하고 사라져간 내 글들이 수렁에서 마지막 비명을 지르는 소리를 들었다. 물론 이번에는 백업이 있기는 했지만 다시 당하기에는 여간 성가신 일이 아니었다.

반 포기상태로 DOS창을 닫는 순간 더 놀라운 일이 벌어졌다. 파일이 스스로 몸집을 불리고 있던 것이다. 띄워놓았던 파일의 속성창은 파일의 크기가 빠른 속도로 커지고 있음을 보여주었다. 강제로 컴퓨터의 전원을 차단했다. 놀란 마음을 진정시키면서 다시 컴퓨터를 켜고 폴더를 들여다보았다. 모든 철을 게걸스럽게 먹어치우며 성장하는 불가사리처럼 전기에너지가 주어지자 파일은 다시 빠른 속도로 자신의 몸집을 키웠다. 이쯤 되자 '네가 뭘 하는지 어디 두고 보자, 그래봤자 하드디스크 안에 든 파일이지'라는 생각이 들었다. 잃어봤자 하드디스크 하나였다. 파일은 300G에서 몸집 불리기를 멈췄다. 그리고 잠시 뒤, 서서히 작아지기 시작했다. 사이즈가 50G까지 줄어들자 잔뜩 먹고 소화를 마친 뒤 조용히 잠든 야수처럼 꼼짝하지 않았다. 스스로 불필요한 것을 버리고 정확한 자세를 잡는 수도승 같기도 했다. 이런 느낌의 원인은 온전히 취기만은 아니었다.

꼼짝 않고 윈도우 탐색기만을 그렇게 오래 들여다본 일은 없었다. 조금씩 정신을 차리는 과정에도 파일은 움직이지 않았다. 이제 내가 할 수 있는 일은 파일에 포인터를 대고 더블 클릭하는 것뿐이었다. 아닐 수도 있었다. 바로 전원을 끄고는 곱게 자고 일어나 전문가를 찾아가는 일이 더 순리였지만 그런 순간을 지배하는 정서는 밟힌 지렁이를 꿈틀거리게 만드는 용기였다.

파일은 작동하지 않았다. 지워지지도 않았고 움직이지도 않았다. 새벽녘에 벌이는 파일과의 전쟁이었다. 크기로 보아 텍스트 파일은 아니었다. 동영상을 재생하는 프로그램을 먼저 띄워 프로그램 안에서 파일을 불러들였다. 처음에는 반응이 없었다. 그런데 파일 속성창에서 파일의 크기를 나타내는 숫자가 움직이기 시작했다. 점점 커졌다가 작아지기를 반복하고 있었다. 마치 꿈틀거리면서 뭔가를 찾는 괴생명체의 움직임을 보는듯했다. 파일의 크기가 65G 근처에서 멈추자 잠시 후 파일의 확장자가 나타났다. 구동시킨 동영상 플레이어 종류에 딱 들어맞는 확장자였다.

그러니까 정리해보면 이야기는 이렇다. 정체모를 파일이 인터넷 안에서 자신이 눌러앉을 장소를 정하자 먼저 위치를 확인하고 자신에게 주어진 일정한 패턴으로 스스로를 복제하기 시작했다. 이것은 일종의 생명체가 행하는 생장과 비슷한 형태의 증식이었으며 부족한 부분은 네트워크에서 불러들였다. 이 과정에서 전원을 강제로 종료해도 개의치 않고 몸집을 불렸으며 그 자리에 맞게 자신을 정리하고 조용히 기다리는 자세를 취했다. 그리고 자신을 확인하려는 움직임이 있자 파일을 불러들이는 프로그램의 정체를 확인하고는 그에 맞게 자신을 변화시켜서 이야기를 들어줄 사람에 맞게 세팅하는 과정이라고밖에 달리 말할 도리가 없었다.

여기까지의 움직임은 컴퓨터의 기록장치 안에 기록된 파일의 행적이라는 사실을 잊는다면 적응력을 가진 생명의 움직임이라고밖에 볼 수 없었다. 잠깐의 시간이 지나고 나서 파일은 자발적으로 고해하는 죄인처럼 말문을 열었다.

시작은 지구 궤도에서 작업하는 우주인의 시점에서 촬영된 1인칭 영상이었으며 촬영이 시작된 시간은 2050년 9월 5일이었다. 페이크 다큐처럼 의도적으로 만들어진 동영상이 아니라면, 그래서 영상의 내용을 그대로 믿는다면 그것은 33년 후의 영상이었다.

D-2970h

허공으로 나가는 마지막 해치가 열리는 순간, 안개가 시야를 흐린다. 외부로 나가기 위해 잠시 머무르는 챔버가 무한 허공으로 입을 벌리자 $3m^2$ 정도의 작은 공간을 채우고 있던 공기분자들이 순식간에 흩어지면서 공기 사이에 숨어있던 수증기 분

11

자들도 한순간에 얼어 안개로 모습을 드러냈다가 혹, 한 순간 거대한 진공으로 빨려나갔다. 그 찰나를 뚫고 거대한 파랑이 서서히 모습을 드러냈다.

거대한 파랑, 거대한 생명, 지구와 서로 얼굴을 맞댈 때 가장 먼저 숨 막히게 덮치는 느낌이다. 온 영혼을 꽉 채운 파랑 위에 잠시 아침 안개에 숨어서 낮게 호흡하던 호수 하나가 오버랩 되었다가 사라진다. 스페이스서틀을 벗어나 지구와 서로 알몸으로 마주서면 다음은 이겨낼 수 없는 공포가 스며들었다. 인간이 맛볼 수 있는 가장 큰 경이의 순간이자 정체를 알 수 없는 깊은 슬픔에 온몸의 기운이 모두 빠져나가는 찰나이기도 했다. 영혼의 뿌리까지 적시는 파랑, 점차 파랑이라는 하나의 큰 정신을 만나는 제례의 자리처럼 정신은 경건해진다. '우웅'하는 진동이 온몸을 낮게 뒤흔든 것은 그때였다. 그것은 아주 낮은 주파수대의 울림으로 인간이 슬픔이라는 단어로 표현하는 육체적 정신적 상태를 직접 전달하는 진동수였다. 남과 다르게 진동수로 느끼는 공감은 내 저주 받은 능력이기에 익숙한 일이었지만 이렇게 크고 낮은 울림은 처음이었다. 아주 낮은 울음이 주기적으로 새어나오는 느낌이었다. 알 수 있었다. 지구의 맥박이 낮게 흐느끼고 있었다.

진실은 충분한 거리를 가지고 떨어져야 보였다. 그리고 들렸다. 다른 사람의 진실을 보기 위해서는 어느 정도 시공간의 거리가 필요하듯 지구가 가진 영혼의 패턴을 보기 위해서는 최소한 이렇게 마주볼 수 있는 거리가 필요했다. 떨어지니 느낄 수 있었다.

호흡은 미지근했다. 산소의 온도였다. 등에 달린 생명보조장치에서 헬멧 안으로 뿜어주는 거의 100%에 가까운 산소를 처음 마실 때 나타나는 증상이 찾아왔다. 시야 전체가 순백으로 변했다가 천천히 돌아왔다. 뇌는 바짝 긴장하고 있었다. 뇌를 이루고 있는 뉴런들은 뭐든 할 준비를 마쳤다는 듯 바쁘게 신호를 주고받았다. 단순히 과포화된 산소 때문만은 아니었다. 그때 유성 하나가 발아래로 긴 직선을 그리고 있었다. 하늘을 우러르는 자세로 밤하늘을 응시할 때에만 모습을 보이던 유성이 내 발 아래를 지나 지구의 얼굴에 잘게 칼질을 하고 있었다.

"닥터 김! 쇼 타임!"

장치전문가인 닥터 슈나이더는 즐거움을 가장한 높은 톤의 목소리로 헤드셋을 흔들었다. 넋 놓고 있지 말고 빨리 움직이라는 채근이었다. 우주유영에 경험이 많은 사람이라도 지구라는 영혼을 바로 코앞에서 마주한 순간에 잠시 혼을 빼앗기는 일은 흔했다. 이런 상황에서 초보자의 경우 끝없는 추락감으로 정신적 충격을 받는 일도 있었다. 그러나 추락은 사실이었다. 우주유영이란 끝없는 자유낙하를 온몸으로 겪는 일이었다. 지구로 직접 떨어지지 않는 영원한 자유낙하의 현기증을 이긴 다음 순간에는 형용할 수 없는 황홀감에 젖기도 했다. 인간이 느낄 수 있는 가장 궁극적인 자유의 느낌, 한 번도 떠나본 적 없는 어머니의 품인 지구에서 벗어나 혼자 무중력의 공간에 떠있는 순간에 느끼는 자유의 감동은 아주 자극적이었다. 그것은 죽음의 절망과 그 깊이를 비교할 만 했다.

손가락을 움직여 우주복 후방 아랫부분에 달린 추진체를 점화했다. 등 뒤에서 발생하는 작은 진동이 몸을 천천히 밀치기 시작했다. 첨단 밀착형 우주복을 입고 있었지만 사람의 알몸 같을 수는 없었다. 목의 운동보다 반 박자 늦은 헬멧 관절 때문에 시야에는 여전히 제한이 있었으며 손가락에 감각을 전달해주는 센서도 만족스럽지 못했다. 그러나 그 사이에 숨 쉬는 지구는 한 발짝 다가왔다.

남아메리카 대륙의 붉은 알몸 위에는 구름 한 점 없었다. 그와 살을 부비고 있는 태평양 동안(東岸)의 잔잔한 표면 위에는 대형 선박이 만드는 화살촉 모양의 물결이 하나 대륙의 어느 모퉁이를 향하고 있다. 일견 평화로이 보이는 거대 생명의 한 순간이었다. 인간이 가진 시야는 자신의 모체인 지구를 경배하기 위해 볼 수 있는 범위가 제한되었는지도 모를 일이다. 지구의 얼굴을 온전히 보기 위해서는 여기 지상 400km 저궤도에서 여러 개의 시야가 필요했다.

"기분은 괜찮지요? '바흐의 에어', 어때요?"

셔틀로 전송되는 내 바이털 사인을 주시하고 있을 닥터 안젤라의 목소리와 함께 바이올린 소리가 우주복 안을 가득 채운다.

"'에어'라? 지금 가장 어울리는 곡이군요. 고마워요."

우주 심리학자의 직업적인 배려이지만 나쁘지 않았다. 아니 훌륭했다. 지구라는 경이에 짓눌려 심하게 경직되어있던 이성이 노근하게 풀리는 기분이었다. 감성이 자리를 내주면서 이성이 움직이기 시작한 것이다. 그러자 근엄하던 지구의 표정이 변하기 시작했다. 마치 파란 대양과 흰 구름, 그리고 대륙에 잡힌 주름들로 뭔가를 말하려는 표정을 만들기 위해 부산히 움직이는 것 같았다. 커다란 허리케인 하나가 미국의 서해안을 절반정도 뒤덮고 눈부신 얼음의 땅을 향하고 있다.

서서히 방향을 바꾸자 지구의 둥근 윤곽이 보이기 시작했다. 세계의 비밀스런 속살을 온몸으로 부비고 있는 흥분도 잠시, 지구가 두르고 있는 대기권은 파리하게 빛나되 너무 허약하고 끊어질듯 가늘었다. 우리가 믿어 의심치 않았던 진실들이 가진 배신의 깊이처럼.

"닥터 김! 무슨 생각을 하고 있는지 내가 맞춰볼까?"

조금 전과 다르게 가라앉은 닥터 슈나이더의 목소리는 내 대답을 기다릴 생각이 없었다.

"나는 궤도에서 지구를 바라보면 자꾸 뵈클린의 '죽은 자들의 섬'이 떠올라. 그 그림 본적 있지? 닥터 김."

은근히 하대하는 말투로 동승한 승무원들의 기분을 상하게 하는 나쁜 버릇뿐 아니라 틈만 나면 떠벌이는 입성을 가진 슈나이더를 셔틀에 참가시켜야 할 만큼 우주엘리베이터의 수리는 긴급한 사안이었다. 어디에 있어도 조용하고 존재감을 보이지 않는 나에게 그는 종종 노골적인 조롱을 던지고는 했다.

"그 그림 다섯 개의 버전이 있다면서요?"

나도 적잖이 충격을 받았던 그림이었다. 죽은 자를 싣고 아케론, 비통의 강을 건너는 카론의 바닥없는 나룻배, 그 작은 배

15

를 기다리는 것은 어둠과 어둠보다 더 가라앉은 섬, 그리고 사이프러스들이었다.

"그 중 하나는 히틀러가 가지고 있었지. 어울리는 조합 아닌가? 바닥없는 욕망과 죽음! 우리 뒤에 버티고 있는 완벽한 공허와 죽음으로 치닫는 지구! 어때?"

'지구의 죽음이라.'

지구가 격동하고 있다는 사실은 이곳, 지구와 얼굴을 맞볼 수 있는 저궤도에서는 너무 선명하게 볼 수 있었다. 태평양을 둘러싸고 있는 화산들 중 언뜻 보아도 10여 개 이상의 화산이 불을 뿜고 있었다. 화산이 뿜는 연기가 대기의 흐름을 따라 한 변이 수백km인 삼각형으로 지표를 덮고 있으며 해안을 따라 여러 곳에서 성난 쓰나미의 잔주름이 꿈틀거렸다. 밤의 땅으로 들어간 지구의 다른 얼굴에는 대도시가 만드는 익숙한 밤의 불빛들 중 많은 곳이 암흑으로 변했고 대신 용암이 흘러 만드는 붉게 빛나는 흉터를 찾는 일은 그리 어렵지 않았다. 그러나 인류의 마지막이 될지 모르는 전 지구적 천재지변도 대기권 밖에서 바라보는 순간에는 조용하게 명멸하는 반딧불이의 쇼를 보는 기분이었다. 설령 그것이 죽음의 과정이라도 이처럼 허공의 정적을 사이에 두고 바라보는 이상 현실감은 없었다.

무의식은 반사적으로 내게 지구의 반대편을 바라보라고 속삭였다. 고개를 돌리자 헬멧의 투명한 부분이 천천히 내 시선을 따라왔다. 지구를 등진 반대쪽은 완전한 암흑이었다. 우리가 가진 어떤 것으로도 재현할 수 없는 깊이의 암흑이었다. 영원이라는 말은 바로 저 암흑을 지칭하는 말이라는 생각이 들었다.

"그런데 히틀러가 가지고 있던 '죽은 자들의 섬'은 유독 밝았지. 죽음이란 게 원래 어둡고 음침한 것이 아니라 환하고 고요한 섬 일지도 모르지. 그 섬은 새로운 세계로 들어가는 관문 같은 느낌이 들었어. 죽음이란 거 말이야. 닥터 김!"

대꾸하기 싫었다. 지구의 슬픈 속삭임 때문이 아니더라도 내 무기력은 내가 감당할 수 있는 수치를 약간 넘어있었다. 언제부턴가 나는 뭔가에 짓눌린 듯한 우울감을 지울 수 없었다. 그 시작을 분명 기억할 수 있다는 확신은 있지만 우울의 시작은 우울 자체처럼 손에 잡히지 않았다. 귀찮았다. 특히 저런 쓸데없는 참견은. 그러나 슈나이더가 뭐라고 중얼거리건 내 뒤에 있는 공간은 완벽한 어둠이었다.

"우주를 지배하는 것은 이 완벽한 정적일거야. 완벽한 깊이를 가진……."

나도 모르게 중얼거리고 말았다.

"닥터 김! 뭐라고 했죠? 상념에서 벗어나세요. 집중해야합니다. 천천히 회전하세요."

안젤라는 목소리에서 가능한 한 물기를 걷어내고 있었다. 그녀는 내 무기력을 눈치 채고 있으리라. 그래서 더욱 내게 관심을 가지고 있는 것이라고 짐작할 수 있었다. 그러나 이 분별없는 검은 공간은 잠깐 지나는 시선 하나로도 육체에서 영혼을 뽑아내는 마력을 가지고 있었다. 그 사이 내 위치는 우주엘리

17

베이터의 케이블로 가는 동선에서 약간 벗어나 있었다. 길쭉한 달걀을 닮은 스페이스셔틀 호루스의 미끈한 동체와의 거리가 50여 미터 이상 벌어졌다.

"닥터 김. 먼저 자세를 교정하세요. 방향에 약간 오류가 있어요. 문제가 있으면 리모트컨트롤 모드로 전환하세요. 이쪽에서 방향을 잡아주겠습니다."

"아닙니다. 걱정 마세요."

헬멧 안 스크린에 내 운동 방향과 수정할 자세가 자세하게 표시되고 있었다. 그러나 크게 긴장할 상황은 아니었다. 셔틀 동체에 그려진 이집트의 태양신 호루스의 눈을 목표 삼아 자세를 바꾸고 미세하게 추진체를 조정했다.

"좋아요. 좋아"

안도하는 안젤라의 한숨소리 위로 슈나이더의 목소리가 겹쳐졌다. 우주엘리베이터를 이루는 메인 케이블 중간 중간에는 매듭처럼 튀어나온 도킹 홀이 있었고 이 홀 주위로 연결 포트가 있었다. 조금 전 내가 뛰쳐나온 스페이스셔틀 호루스는 이 포트에 로봇팔로 꽂아 단단히 고정되어 있었다. 이제 우주엘리베이터에 접근해야 했다. 알 수 없는 이유로 우주엘리베이터의 13번 보조케이블을 따라 설치된 이동레일에 이상이 생겼고 이를 수리하려 접근한 자동수리로봇은 작동을 멈춘 채 꼼짝하지 않았다. 내 임무는 다른 수리로봇이 접근할 수 있도록 고장 난 로봇을 이동레일에서 치우는 일이었다.

"닥터 김에게는 남과 다른 능력이 있다고 들었어요. 얘기해

줄 수 있어요?”

바흐의 음악이 주제로 접근하며 고조되고 있는 동안 안젤라는 내 긴장을 풀어줄 하나의 방법으로 사적인 질문을 던졌다. 그 순간 내가 느낀 불쾌함을 안젤라는 내 몸이 보내는 바이털 신호로 읽었을 것이다.

“기분 나쁘다면 사과할게요. 그럴 뜻은 아니었어요.”

“아닙니다. 나중에 얘기하지요. 선장, 듣고 있나요? 캡틴 부어맨!”

안젤라가 원하는 대답 대신 선장을 불렀다. 미국 공군장교 출신인 부어맨은 커다란 덩치만큼이나 입이 무거운 사람이었다. 덕분에 우주정거장에서 부어맨은 전설의 설인인 싸스콰치로 통했다.

“부어맨이오. 말하시오.”

“셔틀의 좌현 주날개 상단에 뭔가 박힌 물체가 있습니다.”

“비행 중에 충돌은 없었는데, 알았소. 닥터 슈나이더! 외관 체크부터 시작해주시오.”

우주엘리베이터는 지상에서 정지궤도인 36,000Km에 위치한 우주 정거장까지 거대한 케이블을 뼈대로 한 인공터널로 이어져 있었다. 터널의 길이로 따지면 적도를 따라 지구를 한 바퀴 감을 만큼 긴 거리였다. 우주엘리베이터의 몸체인 터널은 소실점을 지나 에콰도르의 도시 키토를 향해 보이지 않는 긴 꼬리를 흔들고 있었다. 정지위성의 특성 상 지구 쪽 터미널은 적도에 위치해있어야 했으며 3천 미터 이상의 고지대에 위치한 키토는 여러모로 우주 엘리베이터의 터미널로 최적지였다. 그렇게 지구에 끝을 대고 있는 긴 탯줄이 우주의 입김에 이리저리 뒤채는 모습은 기괴한 꿈의 한 장면처럼 현실감이 없어보였다.

지름이 40m에 달하는 엘리베이터 터널의 외벽은 탄소나노튜브로 제작된 케이블 다발을 근간으로 하고 있었다. 그 다발 사이를 투명한 특수 실리콘이 유연하게 벽을 만들고 있었으며 케이블 다발이 있는 곳에는 식물의 줄기 안에 형성된 물관처럼 8개의 실린더가 엘리베이터가 지날 공간을 만들고 있었다. 엘리베이터 캡슐이 지나는 실린더들은 관절처럼 유연하게 연결되어 있어 탄성이 허용하는 한에서 살짝 흔들릴 수 있었다. 그 실린더 안에서는 엘리베이터의 본체인 캡슐이 시속 200Km의 속도로 끊임없이 오르내렸다. 터널 안에 머리를 디밀고 보고 있자면 이 현장이 사람이나 자재를 우주로 실어 나르는 엘리베이터라기보다는 분자규모의 미시세계에서 일어나는 물질대사의 과정을 확대해서 보는듯한 착각이 일었다.

2041년, 지름이 20Km에 달하는 소행성이 지구로 접근했다. 지구로 날아들었다면 공룡을 비롯한 거대 파충류의 멸종을 초래했던 소행성 충돌 이래로 지구 생태계에 가장 큰 재난이 확실했다. 그러나 '루터'라고 이름 붙여진 이 소행성은 지구를 아슬아슬하게 스쳐 지나는 궤도를 가지고 있었다. 바짝 긴장했던 인류는 생각을 바꿔 소행성 '루터'를 지구의 식구로 잡아두기로 결정했다. 인류가 꿈꾸던 거대한 정지위성의 기반으로 사용하기 위해서였다. 수많은 핵추진체를 소행성에 설치하고 폭발시키기를 거듭하면서 소행성의 궤도를 수정했고 어렵사리 '루터'를 지구의 정지궤도에 잡아놓는 작업이 끝나면서 '루터'를 기반으로 하는 우주정거장의 건설에 들어갔다. 그리고 이 우주정거장은 지구에서 추진체를 이용한 로켓이 아닌 엘리베이터를 이용해 우주로 나갈 수 있는 첫 번째 플랫폼이 되었다.

우주엘리베이터를 건설하기 위해서는 지구와 소행성 '루터'를 잇는 첫 줄, 즉 탄소나노튜브 로프를 연결해야했다. 방법은 정지위성에서 다발을 이룬 탄소나노튜브 로프에 중력추를 달아 지구로 내리는 것이다. 이는 가장 어려운 과정이었다. 무거운 추를 달아 줄을 내리더라도 지상에서의 고도에 따라 크게 변하는 궤도유지속도 때문에 셔틀을 이용한 조정이 불가피했다. 그렇게 하나의 케이블을 지상과 연결하고 나면 그 케이블을 이용해 다른 케이블을 보다 빠르게 연결할 수 있다. 이렇게 다중으로 연결된 케이블을 기반으로 다른 부품들을 붙여나가는 방식으로 우주엘리베이터는 건설되었다.

이 방법은 오래 전 산악지방에 다리를 만들기 위해 사용되었던 방법과 같다. 사람이 접근할 수 없는 깊은 협곡을 건너는 다리를 만들기 위해서 먼저 바람을 타고 공중으로 연을 띄운다. 물론 이 연에는 건너편으로 건네는 가는 끈이 매달려 있다. 반대편 절벽에서 누군가 연을 잡았다면 그의 손에는 협곡을 넘어 이어진 가는 끈 하나가 쥐어져 있다. 이제 그 끈을 단단히 붙들어 맨다. 다음, 그 끈에 고리를 걸어 좀 더 굵은 줄을 반대편으로 보내는 일이 반복되면 여러 개의 튼튼한 연결이 완성되고 다리를 만들 수 있는 기본 공사가 마무리되는 것이었다. 이렇게 정지위성과 지구를 케이블로 연결하는 작업만도 3년이 걸렸다. 그다음 연결된 케이블을 기반으로 외벽을 만들고 엘리베이터를 설치하는 데에도 같은 시간이 걸린 거대한 프로젝트였다.

파손지점에 가까이 다가가자 공간에 얌전히 떠 있는 태양전지의 깨진 조각들이 보였다. 탄소나노튜브의 다발을 보호하는 가장 바깥 부분의 강화 플라스틱이 깨져있었고 그 조각들이 엘리베이터의 이동레일과 박혀있었다. 이 때문에 8개의 엘리베이터 중 하나가 작동을 멈춘 것이다. 이미 지역을 담당하는 수리로봇들이 큰 조각들을 치우고 수리를 시작했지만 고장 난 수리로봇 한 대가 지구 쪽에서 올라오는 접근 레일을 막고 있었다. 시간적으로 미심쩍은 부분이 있었다. 로봇 한 대가 멋대로 움직인 시간과 알 수 없는 이유로 외벽이 깨진 시간의 간격이 19초밖에 되지 않았기 때문이다.

강화플라스틱이 부서진 틈으로 머리를 밀어 넣자 실린더 안으로 부지런히 오르고 있는 엘리베이터들이 보였다. 그것은 마치 자기부상열차 8대가 동시에 지나가는 해저터널의 모습과 흡사했다. 각 엘리베이터 안에는 태양전지들이 가득 실려 지구로부터 36,000Km 저 먼 우주 정거장으로 실려 올라가고 있었다. 확대 모니터가 달린 미세작동 로봇팔을 틈새에 고정시키고 천천히 파편을 제거해 에어백에 넣으면서 레일로 가는 길을 확보하기 시작했다.

"저거 정말 효과가 있을까?"

도무지 쉴줄 모르는 슈나이더의 목소리였다. 안젤라가 반사적으로 물었다.

"무슨 질문이죠?"

"저 멀리 거대한 태양전지하고 전자총 말입니다."

둘의 대화를 듣던 나는 무심결에 우주의 심연으로 이어진 우주엘리베이터의 끝을 바라보았다. 지구에서 출발한 긴 탯줄이 끝나는 곳, 거기에는 인간이 만든 가장 큰 구조물이 하나의 점으로 반짝이고 있었다.

D-2948h

지구의 자극(磁極, 지구 자기장의 극. 지구는 하나의 거대한 자석으로 북극에 S극에 해당하는 극점이 있다.)을 이루는 축이 급격하게 이동하기 시작한지 97일이 지나고 있었다. 지구가 회전하는 중심축 주변에 자리 잡고 있던 자기장의 축, 그러니까 지구 안에서 자기장을 만들고 있는 긴 막대자석이 움직이기 시작한 것이다. 지구상의 모든 나침반이 가리키고 있는 자기의 북극이 하루에 30Km 이상 움직이고 있었다. 물론 지구에 남아있는 흔적은 지구의 역사 이래 지구 자기장의 N극과 S극이 여러 번 뒤바뀌었다고 말하고 있다. 그러나 그것들은 짧게는 수만 년에 걸쳐 변화한 것이다. 이렇게 급박하게 이루어지는 대 격변은 아마 46억 년의 나이를 가지고 있는 지구 스스로도 경험해보지 못한 순간적인 대 변화이리라. 당연하게도 지구 위의 모든 환경은 급격하게 변화하고 있었다. 이런 변화를 인간은 대재앙이라고 불러왔다.

남과 북의 극지방에 자리 잡고 있던 자극이 하루에 30Km씩 동경 156°선을 따라 이동하기 시작한 재앙을 미리 알려준 것은 그 일주일 전부터 보이기 시작했던 동물들의 이상행동뿐이었다. 새들은 적도지방을 향해 결사적으로 날아갔고 발 달린 동물들은 넓은 평지로 모여들었다. 묶인 것들은 울부짖었으며 절망적인 눈빛으로 땅을 팠다. 이런 재앙은 인류의 역사를 모두 경험한 사람이 있다고 한들 그도 처음 만나는 가장 큰 재앙이었을 것이다. 그 누구도 원인을 설명하지 못했고 또한 누구도 어떤 결말이 닥칠지 예측하지 못했다.

화산들은 일제히 불을 뿜기 시작했다. 대륙별로 돌아가면서 하루가 멀다 하고 대지진이 발생했다. 태풍은 그간 다녀보지 않았던 내륙을 휩쓸고 다녔으며 바다에서 일어난 지진은 해일을 만들어 해안지역을 쓸어내리기 시작했다. 사람들이 모여 사는 곳은 말 그대로 지옥도의 재현이었다. 재앙이 가장 많이 만들어내는 것은 죽음이었으며 죽음의 악취는 공포를 실어 날랐다. 죽은 자들은 곳곳에 뿌려져 조용했지만 산 자들은 공포의 눈빛으로 하늘을 보며 떨었다. 그리고 다른 산 자들을 피해 다녔다.

많은 인간들 또한 폐허가 되어가는 도시를 떠나 넓은 들로 모여들었다. 들에는 쓰러질 것이 없었고 또 숨을 곳도 없었다. 다가오는 위험을 멀리서부터 확인할 수 있었다. 숨어서 기다리다가 갑자기 사람을 덮치는 죽음이 상대적으로 적었다. 그러나 사람이 미미하며 무력한 존재라는 사실을 깨닫는데 넓은 평지만큼 좋은 곳도 없었다.

문명 또한 힘이 없었다. 물질적 문명이 무너지는 데에는 많은 시간이 걸리지 않았다. 몇 번의 흔들림, 그러니까 인간이 기대했던 이상의 흔들림이면 충분했다. 전혀 경험해보지 못한 날씨가 덮치자 인간들이 가진 정신은 쉽게 공황에 빠졌다. 인간의 자만심은 흔적 없이 붕괴했다. 무너진 것들이 쌓인 곳은 바로 무덤이었다.

지구궤도에서는 흐르는 시간을 눈으로 볼 수 있었다. 해가 뜨는 지역을 보고나면 다시 해가 지는 지역과 마주친다. 신만이 가질 수 있는 시각으로 세계를 보는 일이었다. 나와 세계가 분리되어 서로를 응시하고 있는 느낌이 그것이다. 아름다웠다. 가장 큰 것은 그러나 현실감도 즉물감도 쉬이 내주지 않았다.

지구의 왼쪽 어깨가 보라색의 얇은 띠로 빛나기 시작했다. 몇 분 후면 해가 뜬다는 신호였다. 이제 푸른빛이 얼마나 많은 형제들을 가지고 있는지 자랑할 순간이 다가오고 있었다. 온갖 종류의 푸른빛들이 다채롭게 펼쳐지면서 대기권의 얇은 보라색 위로 모습을 드러냈다. 다시 그 위로 주황색이 펼쳐지기 시작하는가 싶더니 바로 빨강색이 겹쳐지면서 우주가 만들 수 있는 온갖 색들이 꿈처럼 드러났다 사라지는 순간을 연출한다. 이제 돌아눕는 지구의 왼쪽 어깨에는 아름다운 빛의 띠가 환하게 빛나기 시작했다. 이 화려함이 절정을 이루는 순간 그 뒤에서 태양이 그 강렬한 얼굴을 내민다. 태양이 떠오르면 다채롭던 빛들의 향연은 갑자기 사라지고 지구 표면이 가진 세세한 모습들이 드러나기 시작한다. 지구궤도에서 바라보는 일출의 장관은 이 미미한 생명의 혼 전체를 휩쓸어버리는 거대한 태풍과도 같았다.

"휴스턴 시간으로 날짜가 바뀌었습니다. 20분 안에 수리로봇을 치워야 태양전지판의 수급이 계획대로 이루어집니다. 필요하다면 닥터 슈나이더도 바로 투입하겠습니다. 빨리 상황파악하고 보고해 주세요."

부어맨이었다. 지상으로부터 300Km의 궤도에 위치한 공용 우주정거장에서 대기하던 스페이스셔틀 호루스와 팀원들이 임무를 받고 급박하게 출발할 때부터 부어맨은 표정이 좋지 않았다. 마치 옆구리에 밤송이라도 넣고 있는 듯 불편하고 다급했다.

"예감은 종교가 아니에요. 기분을 믿음으로 대하기보다는 이성에 맡기는 게 낫지 않을까요?"

우주 심리학자답게 안젤라는 부어맨의 변화에 민감하게 반응했다. 부어맨은 침묵으로 대답했다. 그 사이 나는 부서진 외벽을 통과해 레일에 멈춰선 수리로봇에 5m 전방까지 다가갔다.

수리로봇은 모듈러 형 로봇이었다. 멀리서 보면 수많은 정육면체로 이루어진 큐브들이 모빌 형태로 모인 덩어리로 보였다. 이런 육면체들은 자유자재로 그 크기가 변하면서 스스로 새로운 형태로 모양을 바뀌었다. 이동할 때에는 그저 길쭉한 막대기의 모양이었지만 수리작업을 시작할 때에는 큰 육면체가 작은 육면체들로 나뉘면서 정교하게 움직이는 로봇 팔을 만들어내기도 하고 자신의 부분을 떼어내어 수리대상의 부품으로 만들어 집어넣기도 했다.

레일 위에 꼼짝 않고 붙어있는 로봇은 예리한 모양의 팔을 만들어 깨진 외벽을 향해 뻗은 채로 정지해 있었다. 멀리서 바라보면 유리창을 향해 주먹을 날린 사람이, 아니 바닷게가 집게를 뻗어 창을 깨고는 다음 순간 시간이 멈춘 형국이었다.

"현재 외견상으로는 강화 외벽의 파손이 수리로봇의 오작동으로 보이는데, 아직 알 수 없습니다. 직접 접속해 작업과정 데이터를 전송하겠습니다."

이런 일은 처음이었다. 모든 수리로봇은 우주정거장 서버와 지상 서버의 컨트롤 아래 있었다. 일상적인 활동은 자체의 판단논리로 움직이지만 규정된 행동유형에서 벗어난 패턴을 보일 때에는 서버가 직접 명령체계를 가로채 일괄적 통제 하에 두는 시스템이었다. 수리로봇을 해킹하기 위해서는 우주정거장의 명령체계를 파고들어야 했다. 그리고 그런 일은 단 한 번도 일어난 적이 없었다.

수리로봇이 모든 통신을 거부하다가 멈춰 서버린 것은 3시간 전이었다. 외벽 파손 또한 그와 비슷한 시간이었다. 뭔가 연관이 있다고밖에 볼 수 없었다. 관측 자료에 따르면 우주쓰레기와의 충돌은 전혀 없었으며 자동추적 레이저 분해시스템도 작동한 기록이 없다는 사실은 외부의 충격이 아니라는 심증을 뒷받침하고 있었다. 그러나 지구 자기장의 급격한 변화 때문에 거의 모든 전자기기들이 보여줬던 지독한 오작동을 감안한다면 크게 이상한 일도 아니었다.

나는 조심스럽게, 그러나 가능한 신속하게 로봇에 다가갔다. 쭉 뻗은 팔 뒤로, 그러니까 바닷게로 치자면 눈 부위에 돌출된 두 개의 카메라 렌즈가 주위를 왜곡된 상으로 반사하고 있었고 그 위에 RRS-408이라는 고유번호가 보였다. 그 순간 로봇에 새겨진 이 숫자가 이상하리만치 익숙했다. 흔한 데자뷰라고 보기에는 너무 강렬했기에 내 기억과 연관된 어떤 암호라는 생각마저 들었다. 혼란스러웠다.

단순히 숫자와 연관된 어떤 과거의 기억이 아니라 뭔가 지금의 상황이 다른 기억으로 연결될 듯한 미래의 불안이 덮쳐왔다. 그러나 불안만으로 행동을 수정할 수는 없는 노릇이었다. 로봇의 중앙부에 있는 컨트롤 패널을 분리하고 자동모듈을 셧다운시켜야 데이터에 접근할 수 있으며 로봇도 리셋할 수 있었다.

"닥터 김! 엘리베이터 지구국으로부터 급한 연락입니다. 긴

급 상황입니다. 폭탄입니다. 7번 레일 10m 아래 정지해있는 엘리베이터에 폭탄이 있다는 첩보입니다."

부어맨의 목소리는 다급했지만 그래도 저음에 머물고 있었다.

"태양전지판 외의 어떤 물건도 실리지 못하도록 철저하게 스캔하는 걸로 아는데 어떻게 폭탄이?"

어떤 이유인지 나는 더 차분해졌다.

"태양전지들을 고정하는 지지대의 일부 성분에 구형 고무폭탄이 섞여있습니다. 지구국에서 이상행동을 보이는 화물기술자의 기억을 스캔해서 알아낸 정보입니다. 그 사람 RGP 열성회원이라더군요."

"RGP요?"

"교육 받았잖아요. 'Rescue Gaia Party'. 1900년대 후반부터 격렬하게 활동했던 그린피스가 그의 전신이죠. 점점 더 과격단체로 변해왔습니다."

"이름대로 지구를 생명으로 존중하고 그 생명을 살리려고 몸던지는 사람들이 터뜨리지도 못할 구닥다리 폭탄을 우주엘리베이터에 설치했다는 말입니까? 좀 넌센스 같은데요. 어떤 전자장비도 실릴 수 없는 검색이라면 기폭장치가 있을 리 없습니다. 그렇다면 당연히 무선으로 작동될 수도 없고, 정지궤도에 화물을 내리고 다시 엘리베이터가 지구국으로 내려가면 그때 제거해도 늦지 않을 텐데요. 지구국이 알아서 조용히 처리하면 되는 거 아닌가요?"

"그것이 폭탄인지 아닌지, 그리고 터질지 말지는 닥터 김이 걱정할 일이 아닙니다. 빨리 제거하는 게 우선입니다. 명령이 그렇게 전달되었어요."

"닥터 김, 두 번째 쇼타임! 폭탄이라, 스파이 영화 같이 나름 스릴이 있는데? 뭐 긴장되신다면 제가 나갈까요?"

슈나이더의 너스레는 항상 거슬렸다. 그의 행동 하나하나에는 아직도 인류의 오래된 악습인 인종주의 냄새가 건재했다. 죽음은 인종을 가리지 않는다는 사실을 현실로 직면하자 오히려 인종주의는 더 극성을 부렸다. 이해할 수 없는 역설이었다.

"아니요. 사양하겠습니다. 그런데 저 엘리베이터 한 동을 어떻게 제거하라는 얘기인가요?"

이어지는 부어맨의 목소리는 단호했다.

"지금의 상황은 긴급 상황입니다. 끊어진 13번 케이블을 수리할 필요도, 수리로봇의 데이터도 필요 없습니다. 폭탄이 실린 엘리베이터 한 동은 이쪽에서 원격으로 방출시키겠습니다. 엘리베이터 방출 시에 로봇도 함께 떨어져 나올 수 있도록 궤도에서 분리하는 것으로 닥터 김의 작업은 끝입니다. 가능한 빨리 복귀하세요. 현재 닥터 김의 위치도 방출구역입니다."

서둘러야했다. 기폭장치도 없는 구형 고무 폭탄 때문에 엘리베이터 한 동을 방출하는 건 좀 과하다 싶었지만 이 같은 SDU(Space Development Union: NASA가 중심이 된 국제 우주개발연합으로 사실 다국적기업이 주축이다. 실제로 자 기업 이득을 위해 우주개발을 좌지우지하는 거대한 조직이다.)의 결정이 아니더라도 이 작은 수리로봇과 씨름하고 있는 일은 그리 유쾌한 일은 아니었다. 빨리 이 공간을 벗어나고 싶은 생각이 엄습했다.

지체 없이 컨트롤 패널을 떼어내려 손을 뻗었다. 순간, 아주 낮은 진동수의 떨림이 몸을 흔들기 시작했다. 인간은 느낄 수 없는 아주 낮은 울음! 오직 나만 감응할 수 있는 깊은 떨림이 나를 흔들기 시작했다. 온몸이 반세기 전에 사용하던 핸드폰의 진동신호처럼 떨리기 시작했다. 뒤이어 번쩍하는 섬광이 온 시야를 가득 채웠다.

"닥터 김! 심박수가 비정상치에 가까이 올라갔어요. 혈압도 상승하고, 닥터 김! 괜찮아요?"

D-2947h

"닥터 김! 김중호 박사! 대답하세요! 무슨 일이죠? 의식은 있나요? 대답하세요!"

우주복 안에는 나를 부르는 목소리들만이 쟁쟁하게 메아리 치고 있었다. 번뜩 정신이 돌아왔지만 여기가 어디이고 내가 무엇을 하고 있었는지 알 수 없었다. 헬멧 안 시야에서 작동하는 스크린에는 여러 사람들이 번갈아 등장했다 사라졌지만 모두들 내 이름을 부르고 있었다. 다만 내가 김중호라는 사실, 그리고 우주복을 입고 우주엘리베이터 어딘가에 매달려 있다는 사실을 깨닫는 데에도 한참이 걸렸다. 내 몸을 흔들던 진동, 그리고 섬광. 김중호, 김중호.

'얼마 동안이나 정신을 놓고 있었지? 나는 지금 여기서 뭘 하고 있는 거지?'

아무 설명도 없이 갑자기 꿈속으로 내던져진 기분이었다. 꿈이라 치더라도 참 갑갑하고 외로운 꿈이었다. 머릿속이 화끈거리기 시작했다. 한순간, 어떤 정보들이 거대한 파도처럼 나를 덮치기 시작했다. 기억, 기억, 낯선 기억. 내 뇌는 지구가 겪는 변화 이상의 급격한 변화를 겪고 있었다. 모든 정신이 흔들렸다. 내 것인지 알 수 없는 기억들이 하나둘 살아나 나를 점령하고 있었다. 김중호, 김중호, 김중호. 최소한 내 이름은 김중호가 틀림없었다. 그사이에도 나를 부르는 통신은 계속 웅웅거렸다. 몸을 틀었다. 스페이스셔틀 호루스에서는 우주복을 입은 또 다른 사람이 해치에서 몸을 내밀고 있었다. 그의 목적지 좌표는 역시 내가 있는 곳을 가리킬 것이다. 그가 나에게 다가오는 이유는 확실치 않지만 내 마음은 다급해졌다. 저 사람이 나에게 오기 전에 나는 뭔가를 해야 한다는 사실을 느낄 수 있었다. 통신은 유성우처럼 쏟아졌다.

"미확인 비행체가 빠른 속도로 다가오고 있습니다."

닥터 스트라우스였다. 내 기억은 나와 따로 작동하고 있었다. 아마도 선장에게 보고하는 내용일 것이다.

"슈나이더! 좀 더 빨리 움직이세요. 신원 확인에 응답하지 않는 비행체가 빠르게 우리에게 접근하고 있습니다. 닥터 김이

의식이 있건 없건 간에 빨리 그를 데리고 귀환하세요."

지금 우주복을 입고 나에게 다가오는 이는 슈나이더일 것이다. 급했다. 뭔가 해야 했지만 그 뭔가를 알 수 없었다. 내 손에는 수리로봇의 컨트롤 패널이 들려있었다.

'이것이다!'

내가 무엇을 해야 하는지 기억은 정리하지 못하고 있었지만 서서히 몸이 먼저 기억을 살리고 있었다. 몸이 속삭였다.

'이 컨트롤 패널을 들고 정지해있는 엘리베이터로 가야한다.'

몸이 먼저 움직이기 시작했다. 천천히 몸을 틀고 우주복의 추진체를 작동시켰다. 슈나이더는 엘리베이터 터널의 바깥쪽 외벽을 타고 파손부위로 이동하고 있었다. 아직 내가 있는 곳까지는 40여 미터가 남았다. 여기서 정지해있는 엘리베이터까지 9미터 정도. 호루스에서도 내 움직임을 감지했다.

"닥터 김이 움직이고 있습니다. 부어맨! 그가 움직이고 있어요. 의식이 있습니다."

우주환경 전문가인 스트라우스였다. 바로 안젤라가 말을 받았다. 애써 차분한 목소리였지만 긴장까지 숨기지는 못했다.

"닥터 김! 의식은 돌아왔나요? 빨리 귀환하세요. 미확인 비행체가 다가오고 있습니다. 위험할 수도 있어요. 빨리 응답하세요! 그리고 돌아오세요. 부탁입니다."

"닥터 김! 지금 뭘 하고 있지? 무슨 짓을 하려는 거야!"

부어맨이 소리쳤다. 그의 동물적 본능이 이상한 낌새를 낚아

챈 것이다. 그러나 나는 대답할 수 없었다. 그보다 먼저 엘리베이터에 도착해야 한다는 신념만이 나를 지배했다. 후방 추진체를 좀 더 강하게 작동했다. 정지해 있는 엘리베이터 문까지 4미터. 자칫 문의 외부 로커를 손으로 잡지 못한다면 관성으로 엘리베이터를 지나쳐 버릴 상황이다. 그렇다면 자세를 바꾸고 역분사해 돌아오는 데에 20초 이상이 필요하다.

"김중호! 너는 SDU가 채용한 한낱 하급 수리직일뿐이다. 거기서 어떤 행동을 하려고 마음먹고 있든지 간에 너는 이미 선장의 명령을 어긴 중범죄를 저질렀다. 즉시 행동을 멈추고 셔틀로 귀환하도록. 지금 귀환한다면 처벌 수위를 조절할 수 있는 좋은 조건을 하나 만드는 것이다. 다시 말한다. 즉시 귀환하도록!"

단호하게 말하고 있지만 부어맨의 목소리에서 분노와 함께 체념이 점점 번져가는 것을 느낄 수 있었다. 슈나이더는 바깥쪽 외벽의 파손된 부분을 10여 미터 남겨두고 있었다. 그가 안으로 들어와 내 위치에 접근하는데 30여 초가 필요하다.

"닥터 김의 뇌파 패턴이 완전히 바뀌었습니다. 마치 다른 사람 같아요."

안젤라의 목소리였다. 그러나 이미 나를 지배하는 이성은 주인이 바뀌어 있었다. 한 번의 실수면 끝이었다. 이 과정에서 서서히 설명할 수 없는 행동의 근거가 떠오르기 시작했다. 한꺼번에 밀려온 기억들이 천천히 자리를 잡아가고 있다는 말이다.

"나는 생명인 지구와 교감하며 이를 지키기 위해 봉사한다! 우리 RGP는 지구와 그 위에서 번성하는 생태계를 이해하지 못하고, 그들을 파괴해 자신의 이익을 챙기려는 SDU의 음모를 막기 위해 이 자리에 모였다."

10년 전, RGP 비밀 단원으로 임명되는 자리에서 외웠던 선서가 떠올랐다. 이제 기억의 조각들이 새롭게 이동해 자리 잡으면서 새로운, 그러나 오래된 자아의 역사를 만들어가고 있었다.

컨트롤 패널을 왼손에 쥐고 오른손을 외부 로커에 달린 고리를 향해 뻗었다. 운동방향이 약간 틀어져 있었다. 이 상태라면 몇 센티미터 간격으로 지나쳐버릴 상황이다. 왼손이 자유롭지 못한 상황이라서 분사기를 미세 조정할 수도 없었다. 패널을 포켓에 넣고 움직였어야 했다. 2미터, 1미터, 팔을 가능한 멀리 뻗으면서 하체를 반대편으로 틀겼다. 약간의 반작용을 얻으면 몇 센티미터는 극복할 수 있었다. 손가락 둘이 겨우 고리에 걸쳤다. 로커를 잡은 것이다. 그러나 다음 순간의 일도 충분히 예상할 수 있는 것이었다. 급한 마음에 우주유영의 속도를 올리다보니 그에 따르는 관성도 강했다. 가까스로 고리는 잡았지만 예상보다 빠른 속도로 인해 몸이 엘리베이터에 강하게 부딪친 것이다. 회전력을 얻은 몸은 엘리베이터에 부딪치고는 반작용으로 다시 강하게 튕겨나갔다. 믿을 수 있는 건 오른 팔의 근육뿐이었다. 있는 힘을 다해 고리를 움켜쥐었다. 고리를 붙잡은 오른 손을 중심으로 몸은 길게 원운동을 시작했다. 반대편으로 돌아가 한 번 더 충돌하고 나자 내 몸의 운동에너지를 고스란히 엘리베이터의 몸통에 전달한 효과가 드러났다. 실린더 안에 끼어있던 동체가 반대편으로 기우뚱 흔들렸다. 잠시 후 몸은 다시 엘리베이터로부터 떨어지기 시작했다. 그때 엘리베이터의 문이 흔들리며 천천히 열렸다. 이곳에서 쉽게 문을 열 수 있도록 지상에서 누군가 미리 손을 봐둔 것이다. 문 틈으로는 촘촘하게 꽂혀있는 집광판들이 보여야 했다. 그러나 엘리베이터 안에 실려 있는 것은 집광판이 아니었다. 우주 환경에서 인간이 생활할 수 있는 주거공간을 만들기 위한 조립식 건축 자재들이었다.

D-2946h

폭탄 성분이 섞여있는 것은 화물들을 고정하고 있는 고무 고정제였다. 지금은 전 세계 누구도 사용하지 않는 구형 폭탄이지만 수많은 스캔을 통과할 수 있는 재질은 바로 이 고무 폭탄밖에 없었다. 그리고 그 누구도 수십 년 전의 물질을 폭탄으로 사용할 것이라는 생각을 하지 못한다는 장점을 가지고 있었다. 문제는 폭탄이 터질 수 있는 계기를 만들어주는 기폭장치였다. 폭탄의 재질이 반세기 전의 것이기에 기폭장치도 그와 닮아야 했다. 그러나 그 누구도 그런 용도의 물건을 우주로 싣고 나올 재주는 없었다. 철저한 검색을 통과할 수 없기 때문이었다. 그래서 RGP에서 낸 아이디어가 수리로봇의 컨트롤 패널을 기폭장치로 이용하는 것이었다. 그것은 우주 엘리베이터의 터널 내부에 수없이 많이 떠돌아다니는 전자장치였다. 그 중 하나를 손에 넣는 것은 그리 어렵지 않은 일이며 또한 폭탄을 가동시킬 만큼의 충분한 전기에너지를 가지고 있었다. 이번에 고장 난 수리로봇도 수십만 대의 로봇 중 선택된 하나이고 그의 임무는 외벽을 파괴하고 멈춰선 것으로 끝이었다. 그러면 선택된 누군가가 로봇에 다가갈 것이고 그는 로봇에게서 패널을 제거해 고무 폭탄을 작동시킬 기폭장치로 사용할 것이다.

문제는 우주 엘리베이터 안에서 이 일을 실행에 옮길 사람을 SDU에 잠입시키는 것이었다. SDU가 직원을 뽑을 때 실시하는 엄격한 뇌스캔은 조금이라도 다른 생각과 위험한 기억을 가진 사람들의 패턴을 분석해 철저하게 걸러냈기 때문이다.

이제 패널을 고무 고정제에 꽂아 전기를 발생시키기만 하면 폭탄은 터진다. 폭탄이 터지면 저 멀리 정지궤도에 만들어지고 있는 집광판과 전자총으로 향하는 모든 엘리베이터가 멈출 것이고 엘리베이터가 멈춤으로 표면적이 1,600㎢에 달하는 어마어마한 태양전지는 완성되지 못할 것이다. 그리고 거기서 모아진 막대한 전기에너지, 즉 전자(電子, electron)들을 거대한 전자총을 통해 움직이는 지구의 자극을 향해 발사한다는 계획 또한 물거품이 되는 것이다. 이제 생명으로서 지구가 스스로의 운명을 결정하는데 인간이 방해하는 일은 없어진다.

이것이 PFP(Polar Fix Project)였다. 말 그대로 급작스럽게 움직이기 시작한 지구 자기장의 축을 고정하자는 거대한 프로젝트였다. 이 프로젝트는 크게 두 가지 방법으로 진행되고 있었다. 첫 번째 방법은 지각과 맨틀의 경계인 모호면에 수많은 핵폭탄을 설치해 맨틀이 가진 대류 흐름의 패턴을 바꾸어놓는다는 계획이다.

이론적 근거는 이렇다. 다른 행성과 다르게 지구에 자기장이 생긴 원인은 금속이면서도 액체 상태인 지구의 외핵, 그러니까 지구 핵의 바깥 부분이자 맨틀 아래에 있는 액체 상태의 금속층의 회전 때문이다. 그러나 이 외핵까지는 인간의 기술로 도달할 방법이 없기 때문에 그 위의 층인 맨틀의 흐름을 바꿔보자는 계획이다. 물론 맨틀에도 자기 물질이 섞여있고 맨틀의 대류에 따라 일정한 운동을 하기 때문에 지구의 자기장에 일정 정도 영향을 주고 있다. 이런 맨틀에 도착하기 위해서만도 대류 지각의 경우, 수 Km에서 수십 Km를 파내려가야 하는 어려운 일이다.

추정컨대, 현재 일어나고 있는 자기축의 이동은 알 수 없는 이유로 금속을 다량 포함한 외핵의 회전 패턴이 급격하게 변함에 따라 맨틀의 대류 또한 극심하게 변화하는데 원인이 있다고 보고 있다. 결과적으로 이런 변화에 역작용을 일으킬 수만 있다면 원래의 흐름을 회복할 가능성이 있다는 판단이었다. 이런 이론을 근거로 맨틀이 상승하고 하강하는 지각 판의 경계에 핵폭발을 일으켜 자기장이 보이는 변화의 방향을 바꿔보겠다는 의도였다.

상대적으로 두께가 얇은 해양 지각을 뚫고 설치된 수백 개의 핵폭탄은 굴착 로봇의 몫이었다. 굴착기를 사용해 땅을 파는 것이 아니라 핵폭탄을 실은 로봇이 스스로 땅을 파고 내려가 모호면을 만나는 순간 자폭하는 시스템이다. 지난 수개월 동안 수백 개의 핵폭탄이 터졌고 지금도 새로운 폭탄이 설치되고 있었다.

그러나 이런 자폭적 발상으로 시작된 폭파의 결과는 치명적이었다. 목적했던 지구의 자기축 움직임에 준 변화는 거의 확인할 수 없는 수준이었다. 반대로 지표면에서 일어난 수많은 화산 폭발과 지진, 쓰나미 등의 원인이 이 핵폭발의 결과물이라는 사실은, 말하지 못하는 언론을 제외하고 나면 모두가 아는 상식이었다. 그러나 누구도 책임지지 않았다. 인류의 1% 이상이 죽거나 실종되었고 30%가 거리와 들에서 생활하고 있는 상황을 즐기기라도 하는 듯 군사적 강대국들은 이 자살행위를 멈출 계획이 없었다.

두 번째 방법은 SDU가 주축이 되어 진행되는, 이름하여 'Polar Fix Project'였다. 이 프로젝트는 지구 정지궤도에 거대한 전자총을 설치하는 것이 핵심이다.

지상 36,000Km에 위치한 정지궤도 인공위성을 이용한 에너지 개발은 지난 15년 간 SDU가 꾸준히 진행해오던 독점 사업이었다. SDU는 지구의 에너지 문제를 획기적으로 해결할 수 있는 계획이라며 정지궤도에 붙잡혀있는 소행성 '루터'에 거대한 태양전지를 설치하는 작업을 11년 전인 2039년부터 실시하고 있었다. 이를 위해 우주 엘리베이터가 설치되었고 1,600㎢에 달하는 전체 목표 면적 중 96%의 공정을 보이고 있던 3개월 전, 지구에 대대적인 재앙이 닥쳤다.

이 거대한 태양전지가 가진 원래의 목적은 단순했다. 태양광으로 막대한 양의 전기를 생산해 지구로 전송한다는 것이었다. 이렇게 독점적으로 생산되는 이 에너지의 가격은 초기에 아주 싼값으로 책정되어 있었다. 그러나 이 싼 가격으로 인해 지구 표면에서 생산되는 에너지 기반이 무너지는 순간, 얼마나 뛰어오를지 예측하는 것은 어려운 일이 아니었다.

전혀 예상 못한 대재앙이 들이닥친, 그러니까 지금부터 3개월 전, SDU는 기발한 제안을 했다. 이 거대한 전기 생산시설을 전자총으로 활용하자는 것이었다. 전자총은 말 그대로 전자를 발사하는 기구로 대표적인 것이 박물관에 전시되어 있는 초기의 브라운관TV이다. 배가 불룩한 브라운관은 뒤쪽, 뾰족한 부분에 전자총이 달려있다. 이 전자총이 전자를 하나씩 쏘고, 전자가 지나는 경로를 감싸고 있는 자기장의 방향과 세기를 조절하면 전자가 화면의 특정한 부위에 부딪쳐 지정된 색을 만드는 것이 브라운관 시스템이다. 전자가 움직인다는 것은 바로 전류가 흐른다는 말이고, 흐르는 전류는 자기장 안에서 힘을 받아 휘어진다는 원리를 이용한다. 이것은 간단한 패러데이의 법칙이다.

SDU가 제안한 거대 전자총 프로젝트도 원칙적으로 패러데이의 법칙을 이용한 아이디어였다. 거대한 집광판에서 발생한 전자들을 단순히 전선을 통해 지구로 전송하는 것이 아니라 거대한 전자총으로 보내 자기축이 움직이는 방향을 향해 전자빔을 발사한다는 계획이었다. 이 빔은 하루에 1.5×10^{15}j에 이르는 막대한 전기에너지를 만들어낼 것이다. 이정도면 1초 동안 지구가 받는 전체 태양에너지에 육박하는 규모였다. 그리고 이 전류 주변에 만들어지는 전자기장의 힘으로 적도를 향해 움직이고 있는 지구 자기장의 축을 다시 극지방으로 밀어 올리는 힘을 만들어보자는 제안이었다. 또는 밀어 올리지는 못하더라도 급속한 이동이라도 막아보자는 희망을 담고 있었다.

SDU가 제안한 이 허무맹랑한 계획은 UN에 의해 즉각 받아들여졌고 UN은 SDU에게 막대한 예산을 지불하면서 프로젝트의 완공을 눈앞에 두고 있었다.

슈나이더는 외벽의 파손부분을 통과해 엘리베이터 터널 안으로 들어서고 있었다. 내가 패널을 고무 폭탄에 꽂아 넣기만 한다면 모든 일은 끝난다. 슈나이더가 내게 가까이 다가온들 그가 할 수 있는 일은 없었다. 그 지독한 인종주의적 망상과 함께 죽음의 문턱을 넘는 일을 제외하고는.

"슈나이더, 셔틀로 돌아가세요. 당신이 이곳으로 다가오면 모두 같이 죽습니다. 이 엘리베이터는 폭발할 겁니다. 당신이 순순히 돌아간다면 호루스가 폭발의 영향권에서 벗어날 때까지 기다리겠습니다."

"무슨 얘기요? 닥터 김. 엘리베이터 터널 전체를 폭발시키겠다고?"

격앙된 대답은 슈나이더가 아닌 부어맨의 목소리였다.

"아니, 닥터 김! 당신은 SDU의 직원으로 저 거대한 우주 구조물을 완성할 책임을 가지고 있습니다. 그리고 현재로서는 그것만이 이 전 지구적인 재앙에서 인류를 구할 수 있어요. 도대체 무슨 이유로 인류의 희망인 전자총을 파괴하겠다는 겁니까?"

부어맨은 흥분했다기보다는 놀라움에 떨고 있었다.

"저 전자총으로 움직이는 지구의 자기축을 붙들 수 있다고 생각합니까? 이건 그냥 네안데르탈인이 공포에 질려 하늘에 올리는 기도 이상의 의미는 없습니다. 오히려 기도는 주변의 사람들을 속이거나 자신이 발 딛고 있는 대지를 죽이지는 않죠. 몸에 기어다기고 있는 벌레 한 마리를 잡기 위해 자기 몸의 여기저기를 칼로 찌르고 있는 사람을 본적이 있나요? 없다면, 지금 당신들이 하는 일이 바로 그것입니다. 아무리 기관에 소속된 사람이더라도 근본적으로 우리는 사람입니다. 지구 생태계의 한 구성원인 사람 말입니다."

이 거대한 터널과 함께 죽기 위해 나는 여기에 있다는 사실이 몸에 젖어들면서 목소리는 점점 더 차분해지고 있었다는 걸 느낄 수 있었다. 부어맨과의 대화 사이에 오른손에 힘을 주어 점점 엘리베이터 입구로 접근했다. 몸 전체가 아직도 회전운동을 하고 있는 상태에서 팔을 당기자 하체가 돌아가는 속도가 빨라졌다. 회전하는 피겨스케이터가 팔과 다리를 오므리면 회전속도가 점점 빨라지는 것과 같은 이치였다. 몸이 다시 엘리베이터의 몸통과 수평으로 놓였다. 그때 붙잡고 있던 고리가 스르르 움직이기 시작했다. 오른손이 고리에서 거의 빠져나가고 있었다. 자칫하면 중심을 잃고 엘리베이터에서 떨어져 나갈 상황이었다. 몸은 반사적으로 움직였다. 바로 왼손은 벌어진 문틈을 그러쥐었다. 겨우 자세를 안정시켰다.

그러나 그 와중에 왼손에 들고 있던 컨트롤 패널을 놓치고 말았다. 패널은 천천히 멀어지면서 뱅글뱅글 회전하고 있었다. 지금은 1미터 전방이었다. 방향은 엘리베이터 하단 쪽, 그러니까 지구를 향하는 방향으로 천천히 운동하고 있었다. 온몸에서 식은땀이 솟았다.

"다시 말하지만 슈나이더 씨, 셔틀로 돌아가세요. 그러면 호루스가 폭발의 영향권에서 벗어날 때까지 기다리겠습니다."

패널은 이미 팔을 뻗어 닿을 수 있는 범위를 벗어나 있었다. 우주복에 장착된 추진체를 분사하면서 유영해 패널을 회수해 오려면 상당한 시간이 필요했다. 그리고 무엇보다도 내가 처한 상황을 저들에게 알려서는 안 되었다. 슈나이더가 돌아가면 내게는 충분한 시간이 주어진다. 자세를 안정시키고 천천히 손을 놓을 준비를 했다. 그보다 먼저 10미터 후방에 있는 슈나이더의 행동을 관찰해야 했다.

"뜻대로 안 되는 일이 생겼나요? 신체 긴장도가 올라가는

군요."

　안젤라는 아직도 내 몸의 변화를 체크하고 있었다. 대답할 상황이 아니었다. 다시 슈나이더에 집중했다. 이기적이고 무례한 슈나이더의 성격을 미루어 볼 때 그의 행동은 충분히 예측 가능했다. 빨리 셔틀로 돌아가 이 무의미한 다툼에서 자신의 생명을 구하는 것이다. 그는 이미 자세를 바꾸고 있었다. 파손부분을 통해 밖으로 나가기 위해서다. 그에게 자신의 생존 외에는 무엇도 명분을 가지고 있지 않았다. 잠시 통신이 끊긴 걸 보니 나를 제외하고 다른 채널로 대책을 강구하는 통신 중임을 알 수 있었다. 어쨌든 나와 엘리베이터가 있는 구역 전체를 부어맨이 자동방출하기 전에 기폭장치를 연결해야 했다. 안젤라의 목소리가 들려왔다.

　"닥터 김, 마치 다른 사람 같군요. 목소리도 억양도 모두 달라졌어요. 다른 인격을 숨겨왔나요? RGP 비밀단원인 테러리스트가 어떻게 우리 SDU에 들어올 수 있었죠?"

　"글쎄요? 우리 SDU라고요? 우리라는 단어가 어떻게 쓰일 때 진정성을 가지는지 생각해보았소? 진짜 테러리스트들은 누구인지 한 번 더 생각해 보시오. 그리고 지금 한가하게 취조하고 있을 상황은 아니라고 생각하는데요. 빨리 슈나이더를 귀환시키고 이곳에서 멀어지는 것이 급선무 아닐까요?"

　안젤라의 질문을 퉁명스럽게 받아치자 잠깐 동안 어느 누구의 목소리도 들리지 않았다. 그 사이 천천히 추진체를 가동시켜 멀어지는 패널을 향해 나아가기 위해 몸을 돌렸다. 다급한 마음만으로는 이 실수를 만회할 수 없었다.

'마음을 가라앉히고 침착하게!'

천천히 엘리베이터 문에서 손을 놓고 자세를 돌려 멀어지는 패널을 향해 방향을 잡았다.

"베토벤 어때요? 교향곡 7번, 닥터 김의 비장함과 어울릴 것 같은데."

안젤라의 목소리는 차분하게 안정을 찾고 있었다. 추진체를 가동시켰다. 살짝 앞으로 밀리는 느낌, 우주유영을 할 때마다 겪는 일이지만 이번이 마지막이 될 것이라는 생각이 들자 친숙하고 새로웠다.

"고맙군요. 마지막 선물로 생각하겠어요. 그리고 안젤라에게 개인적인 감정은 없습니다. 이런 상황을 이해하시기 힘들 거라 생각하지만."

"아뇨! 저는 닥터 김이 좋은 사람이라고 생각했어요. 대화도 통하고. 어차피 지구가 죽어가는 상황에서 먼지 같은 인간 중에 누가 조금 먼저 죽는 거, 별 의미 없죠. 그래도 닥터 김은 신념으로 죽음을 선택했잖아요? 만약에 죽음에도 종류가 있다면 닥터 김의 것은 아주 괜찮은 것 같아요."

호른이던가? 낮은 관악기의 울음으로 베토벤의 죽음이 재연되고 있었다.

'여기서 죽는다? 무엇을 위해서?'

스스로에게 던지는 이런 종류의 질문은 지금 내 죽음에도 도움이 되지 않는다. 지구상에서 죽어가는 아내 생각마저도.

천천히 패널을 향해 나아갔다. 2~3미터 전방부터 조금씩 역분사 스위치를 눌러 속도를 줄였다. 시간이 멈춘 듯하다. 눈앞에서 패널이 회전하며 떠 있었다. 손을 뻗었다. 천천히! 컨트롤 패널은 얌전히 손 안에 자리 잡았다. 누구에게는 죽음을 선사할 것이고 다른 누구에게는 죽음을 늦추는 약이 될 물건이다. 차분하게 패널을 포켓에 집어넣었다. 다행스럽게도 아직 블록이 자동으로 방출되지는 않았다. 앞으로 내게 몇 분만 주어진다면 누구의 방해도 받지 않고 차분하게 하나의 죽음을 완성할 것이다. 다시 방향을 바꾸기 위해 회전분사를 시작했다. 멈춰선 엘리베이터로 돌아가야 했다. 천천히 시야가 회전하고 있었다. 그때 투명한 엘리베이터 터널의 외벽 바깥에 커다란 물체가 눈에 들어왔다. 홍체 근육을 움직여 눈의 초점을 다시 잡는 시간이 그렇게 길게 느껴진 적은 처음이었다. 검은 외형의 물체는 원반형 우주선이었다. 나를 노려보고 있던 우주선의 한 부분에서 섬광이 번쩍였다.

D-2934h

중호 씨.

28일이 지났네.

당신을 싣고 하늘로 올라간 호루스의 눈을 영상으로 다시보곤 해. 호루스 호에 그려진 눈은 매번 나와 정확하게 눈을 맞쳐. 나에게 말을 건네는 것 같아. 당신의 눈만큼은 아니지만 그 눈은 매번 내 폐부 깊숙이 들여다보는 것 같아. 사랑하는 마음으로 충만한 눈만이 호루스의 눈빛에 아프지 않을 수 있을까?

당신은 모든 것을 살게 해주었어. 내가 보는 앞에서 처음 살린 생명은 다름 아닌 나였으니까. 내 생명이 다시 초록으로 피어날 수 있다는 희망을 전해 준 것은 당신만이 들을 수 있는 죽음의 속삭임이라고 했지?

요즘은 제라늄이 가장 사랑스러워. 이 예쁜 생명은 스스로 알아서 생명을 가꾸는 힘이 강해. 나는 가지지 못한 미덕이지. 사실 제라늄을 제외하고는 화단의 많은 화초들이 죽어가고 있어. 당신의 빈자리 때문이라고 생각하고 싶지는 않지만, 내게는 내 생명 하나 추스를 온정이 부족해서 그럴지도 몰라.

하루에도 두어 번씩 땅이 흔들리고 있어. 일본에서는 여러 화산이 함께 활동을 시작했다는 소식이 들려. 사람들은 아직도 땅이 흔들리면 하늘에 손 모아 빌어. 그러나 내게 하늘은 당신의 일터이기도 해. 그래서 내가 손을 모으는 건 또 다른 뜻이 있어.

건물이 쓰러질 듯 흔들려도 제라늄의 흰 꽃은 고개 숙일 줄 몰라. 무서워. 땅 위의 모든 것이 떨고 있어. 그러나 어쩌면 대지가 살아나는 소리일지도 모른다는 생각이 들어. 그 동안은 땅 위에 둥지를 튼 작은 우리들이 잔잔하게 행복했으니 이제 더 큰 대지가 행복하려 몸을 떨고 있는지도 모르잖아?

나는 알 수 없지만, 나는 모르지만 당신을 알 거야.

나는 알고 있어. 당신은 잘 알고 있다는 사실을. 당신은 모든 것의 소리를 들었지. 내겐 그저 갈대들이 서로 몸 비비는 소리였지만 당신에게 그것은 땅속을 흐르는 물의 화음이었고 멀리서 다가오는 서풍의 온도였어. 해 뜨기 전 화초들의 슬픈 속삭임에 당신은 잠을 접었고 귀한 산행에서는 바위들이 낸다는 저음의 휘파람을 내게 설명해주었지. 그리고 분명 당신은 들었겠지. 아주 낮은 소리로 대지가 우는 울음을, 그 신음소리를.

모든 아픔은 들어주는 것만으로도 매듭은 풀린다는 말이 기억나. 모든 빠른 생명과 느린 생명들은 당신이 귀 기울여 들어주는 일만으로 몸에 돋은 검은 얼룩을 털어냈고 부러진 마디에서 새 진을 뿜었잖아.

어젯밤에는 서울 상공에 오로라가 떴어. 지구가 아파서, 아니면 내가 아파서 이곳까지 찾아왔는지 알 수 없지만 영혼의 바닥까지 송두리째 뒤흔드는 아름다움이었어. 그 순간만큼은 흔들리는 대지도 불을 토하는 화산도 모두 숨을 멈추고 아름다움에 경배하는 것 같았어. 지상의 것이 아닌 아름다움에게.

당신이 비운 사이 이 집은 생명의 빈집이 되어가고 있어. 혹여 우리에게 마지막이 있다면 그 마지막은 당신과 함께 하기를 바래.

- 지상에서 인숙이, 하늘에 있는 중호 씨에게

외우려고 하지 않았지만 인숙에게서 오는 편지는 한번만 읽으면 단어 하나하나에 달린 새털까지 모두 외울 수밖에 없었다. 아팠다. 아무리 즐거운 얘기를 해도 인숙의 이야기는 모두 아팠다. 그래서 외운다기보다는 상처처럼 각인되는 것이다.

편지는 개인용 단말기로만 확인했다. 활자로 편지를 쓰는 이들이 거의 없기 때문이다. 특히 지구궤도에서 일하는 이들은 가족이나 지인들과 모두 화상으로 메시지를 전달했지만 유독 인숙만은 항상 활자로 된 편지의 형태로 연락을 해왔다. 이 버릇은 아프기 이전에도 인숙의 것이었다.

기억은 인숙의 편지를 쓰다듬고 있었지만 몸은 천천히 깨어나고 있었다. 눈이 떠졌다. 아니 밝은 빛이 기억의 틈으로 파고들었다. 한 차례 편두통이 왼쪽 후두부를 쪼개고 지나가자 공간이 눈에 들었다. 빛으로 가득 차 있는 꽤 넓은 공간이었다. 다시 내가 누구이고 왜, 어떤 상황에 처해있는지 확인해야 했다. 자아라는 것이 이렇게 짧지 않은 재부팅의 시간이 필요한 걸 보면 원래 고정된 것이 아닐 수도 있다.

"외관상으로도, 생채신호상으로도 몸에 이상은 없군요. 정신이 드나요? 닥터, 아니 김중호 씨?"

바리톤의 음색을 가진 남자는 내 움직임은 안중에도 없는 듯 자신의 말을 이었다.

"살아있군요. 뭐 별 의미는 없습니다만, 이런 처지에서 살아있다거나, 죽었다거나, 무슨 의미가 있을까요? 그렇지요? 김중호 씨, 인도적 차원에서 우리가 당신의 생명을 중요하게 생각하고 있다거나, 당신에게서 빼내야할 정보가 있다거나, 뭐 그런 건 아니에요. 그냥 지금 이 시점에서 우주엘리베이터 가동이 꽤 긴 시간 멈춘다면 우리 계획에 약간의 차질이 있어서 당신과 RGP에 관한 계획을 수정했던 겁니다. 심각한 타격이 있어서는 아니구, 당신이라는 존재도 좀 성가시죠. 우리한테 득이 되거나 당신이 사라짐으로 당신네, 그 유치한 RGP? 뭐, 지구생존결사? 그런 조그만 단체에 큰 타격을 주려한다거나, 우리는 그런 거 관심 없어요."

키는 작지만 100kg은 족히 넘을 살찐 몸을 가진 백인이었다. 지구궤도에서 일하기에는 적합지 않은 체구였지만 중력에서 벗어났을 때 가장 자유로움을 느낄 수 있는 몸이었다. 나에게는 관심도 없는 듯 허공을 바라보며 끊임없이 중얼거리는 사람. 아마도 망막에 입힌 스크린으로 지속적으로 뭔가 상황을 체크하고 있는 것 같았다. 이 넓은 공간의 전체적인 분위기는 상황실이었다. 깨끗하게 정돈된 한 변이 10m정도의 정방형 공간에는 몇 개의 홀로그램 스크린이 지구의 재난지역의 상황을 계속 모니터하고 있었지만 남자는 그것에는 별반 관심이 없는 상태로 허공만 바라보며 딴 생각을 하고 있는 사람처럼 보였다. 창밖으로 보이는 지구의 곡률로 저궤도 우주정거장에 있는 중앙상황실의 분위기였다. 누군가 나를 취침용 침대에 묶어 놓았지만 행동을 제약하려는 의도는 별반 없어 보였다. 그저 무중력상태에서 이리저리 부유하는 상태를 막으려는 정도이지 결박은 아니었다.

이 넓은 공간에 의식 없는 상태로 끌려온 나를 제외하곤 바리톤의 남자 하나뿐이었다. 내가 지금 살아있다는 사실은 우주엘리베이터를 폭파하려는 계획이 실패했다는 반증이었다.

"물론 당신네, 그 유치한 단체가 우주엘리베이터 폭파에 성공한다면 우리에게는 굉장한 여론을 조성할 수 있는 기회인 것은 분명하지만, 문제는 시간이지, 시간이 별로 없어서 이 좋은 기회를 그냥 무산시키기로 결정했어요. 그 구닥다리 폭탄으로 엘리베이터에 얼마나 타격을 줄 수 있을지 계산도 해보지 않았나? 뭐 한 50시간 정도면 수리 가능한데, 그 정도의 시간을 소비하기 위해 당신은 목숨을 버린다? 아쉽지 않을까? 당신 쪽 사람들, 큰일을 위해서 자신의 목숨을 버리는 일이 뭐, 굉장히 영웅적인 행동이라 생각하는 오래된 전통이 있다지? 그거 모순이라는 생각 안 해봤나요? 조금만 생각하면 알 수 있는 지극히 유치한 모순이라는 사실을 모를 수 없을 텐데, 아직도 그런 일을 하는 데에는 뭔가 다른 의도가 있다고 봐요. 최소한 나는 그렇게 생각합니다."

남자의 시선은 허공에 박혀 꼼짝하지 않았고 입도 움직임이 없었다. 마치 따로 녹음된 음성이 흘러나오고 있는 것 같았다. 목에 감긴 수건으로 호흡에 밀려나와 간혹 코끝에 작은 유리알처럼 동그랗게 맺히는 콧물을 닦는 일만이 남자의 유일한 움직임이었다.

"'테러리스트에게 빼앗긴 지구의 마지막 희망!' 뭐 이런 기사 하나면 당신네들이 어떤 입장에 처할지 생각 안 해봤나? UN이 우주에 시설물을 만드는 다국적기업에게 보내는 전적인 신뢰는 더욱 공고해질 것이고. 그런데도 우리가 이런 여론을 만들 기회를 포기하는 결정을 내렸기 때문에 당신은 아직 살아서 지구를 바라보고 있죠? 부록 같은 삶이겠지만, 부록은 그냥 부록이잖아? 그래서 기쁜가? 생명, 소중하지요? 얼마나 소중한가요? 많이? 얼마나 많이?"

남자는 회색 반팔티에 반바지 차림이었다. 느슨하게 공간 이동용 레일에 몸을 연결한 상태로 거꾸로 떠다니고 있었다. '거꾸로'라는 말은 그냥 공간에서 머리를 두고 있는 방향이 반대라는 뜻 이상은 아니었다. 내가 손을 움직여 침대 고정끈을 잡아당겨보자 남자는 나를 힐끗 쳐다보고는 다시 원래대로 시선을 고정했다.

"왜? 끈을 풀고 나서 뭔가 활극이라도 벌여볼 생각인가? 이 무중력 상태에서 나를 제압하고 셔틀을 탈취해 다시 임무를 완수하고 싶은가? 흐흐흐, 그 얘기는 다섯 시간 전에 당신이 있던 궤도로 돌아가 거기서 죽고 싶다는 얘기지요? 미안하지만 조금만 참아요. 6개월 안에 당신은 죽을 거니까. 아니 인류의 99.99%가 죽겠지. 물론 당신 와이프는 그보다 먼저 죽겠지만."

"무슨 얘기요? 6개월이라니? 그리고 내 아내가 어떻다는 거요? 그리고 누구요? 당신은."

목은 말라붙어 칼칼한 쉿소리가 났지만 인숙의 이야기를 꺼내는 남자에게 갑자기 불쾌감이 일었다.

"당신 부인에 대한 이야기? 기분 나쁜가요? 흐흐 그럼 사과하지요. 흐흐"

남자는 장난스럽게 목소리를 내리깔면서 양쪽으로 두 손을 벌리며 과장되게 사과하는 흉내를 냈다.

"우리를 너무 무시하는 거 같아 별로 좋은 기분은 아닌데요? 흐흐, 내가 여기서 너무 오래 혼자 있어서 그런지 말이 좀 많아졌네요. 기분 나쁘신가? 여기 있는 동안, 앞으로 깨달아야 할 기분 나쁜 일이 많을 텐데, 벌써 흥분하면 당신이나 나나 너무 피곤하지 않을까요?"

"SDU의 배설물을 치우는 개로 지내는 생활은 괜찮습니까? 당신들이 미친듯이 추종하는 그 실체도 없는 돈 때문에 인류 전체의 생존 따위는 생각해볼 겨를조차 없었을 테니."

침착해야했다. 그리고 이들이 누군지, 왜 나를 살려서 여기에 버려두었는지 빨리 상황을 판단해야 했다.

"아직도 우리가 누군지 모르는군요. 흐흐, 이거 실망이 큰데요. 츠츠, 그런 정보력으로 어떻게 거기까지 올라갈 생각을 했을까?"

그때 다시 정신이 혼미해지기 시작했다. 어지러웠다. 지끈거리는 머리에 손을 가져가려 움직이자 침대 고정끈이 풀리면서 침대 전체가 회전하기 시작했다.

"어지러움, 그거 아까 마취섬광의 후유증일 거요. 곧 괜찮아집니다. 뇌신경망 패턴 재조절 시술까지 받은 양반이 그 정도가 괴로울 거라고는 생각하지 못했는데."

회전하던 침대는 다시 제자리를 찾았다. 침대를 유연하게 고정하는 지지관절이 작동해 위치를 보정했다. 어지럼증도 진정되어 갔다. 남자의 반응으로 보아 이들이 SDU는 아닌 것 같았다. 직접 묻는 방법밖에 없었다. 둘의 대화 아래로 압축공기를 순환시키는 팬 소리가 낮게 깔렸다.

"어디까지 알고 있었소? 우리 계획에 대해."

남자는 여전히 미동도 하지 않았다.

"뭐 다 알고 있었다고 해도 무방하지. 지금 당신에게 낭패감을 줄 의도는 없지만 말이야."

"뇌신경망 패턴 재조절 시술은 어떻게 알았죠?"

"아하, 그건 우리도 조금 놀랬어요. SDU에 사람을 잠입시키기 위해 그런 걸 다 개발하다니. 흐흐, 그거 발견하고는 우리도 좀 응용할 생각이었는데 지구에 이런 일이 벌어져서 보류 중입니다."

그때 남자의 한쪽 눈에서 푸른빛이 점멸했다. 급박한 통신이 들어왔을 것이다. 남자는 레일을 따라 움직이기 시작했다. 출입구 옆에서 점멸하고 있는 몇 개의 홀로그램 컨트롤의 위치를 바꿨다. 그러자 우주정거장이 미세하게 흔들렸다. 아주 익숙한 진동이었다. 서틀이 우주정거장에 도킹하거나 분리될 때 전해지는 울림이었다.

"도착했습니다."

남자는 누군가에게 음성으로 보고하고는 다시 나를 힐끗 쳐다봤다.

"뇌신경망 패턴 재조절 기술! 사람의 기억이란 게 알고 보면 뭐 간단하잖아요? 사건이라는 자극이 발생하면 뇌는 그 사건을 신경세포들이 만드는 특정한 패턴으로 입력하잖아요. 그 패턴들을 확인하고 사건별로 분리할 수만 있다면 특정한 기억을 지웠다가 다시 재생하는 일이 얼마든지 가능하잖아? 물론 이론적으로. 나도 알고 있었지. 그런데 선별적으로 죽인 신경망 패턴을, 그러니까 그게 특정한 기억이죠? 그걸 다시 살리는 자극을 아직 완성하지 못했는데 그걸 만들었더군요. 정교하게 정해진 전기자극과 특정한 빛의 주파수로. 뭐 우리도 그 정도는 예상했지만 사안이 뒤로 밀리다보니까. 하여간 좋았어요. 몇 년 동안, 자신이 어떤 생각을 가지고 있었으며 어느 단체 회원인지 까마득하게 잊고 살다가, 그래서 모든 뇌파검사와 패턴 스캔을 통과해 SDU의 직원으로 일하다가 한 순간, 단 한 번의 자극으로 영웅처럼 과거를 되찾는다! 그리고 영웅적으로 과업을 수행한다! 낭만적인데? 그러고 보니 좀 미안하군요. 영웅적 서사의 탄생을 우리가 방해해서. 흐흐"

"우리, 우리, 하는데 SDU가 아니면 당신들은 누구요?"

"뭐, 특별히 비밀에 부칠 이유도 없지요. 인류애적으로, 우리는 UN사무총장 직할 수사국이라는 정도로만 아세요. 하는 일은 좀 더 복잡하니까. 거기까지."

"이제 나를 어떻게 할 겁니까?"

"당신을 기소하거나 우리 자체적으로 처벌할 뭐, 그런 생각은 없어요. 윗선 생각도 그럴 거고. 그러니까 안심하시라구, 흐흐, 뭐 안심한다고 나아지는 건 없겠지만. 생물학적 죽음, 그거 아무 의미 없잖아요? 물론 내가 맡은 분야는 아니지만, 아마 조용히 지구로 되돌려 보내질 겁니다. 스스로를 위해 아무것도 할 수 없는 상황이 죽음 아닌가? 이제 당신이 할 수 있는 일은 당신 부인 곁에서 같이 죽는 일 정도? 물론 그전에 몇 가지 묻는 절차야 있겠지요. 우리 사이에도 사건이랄 게 하나도 없잖아요. 이렇게 잠시 서로가 자신에게 내뱉은 독백? 이게 뭘 바꿀 수 있겠소? 현실은 그렇잖아? 당신은 그냥 여기 잠시 있다가 자신이 할 수 있는 것이 아무것도 없다는 사실만 확인하고 사라지겠지."

"그러면 여기서 당신이 지금 하고 있는 일도 아무 의미 없다는 말이오? 당신은 누군가를 위해 뭔가를 하고 있잖소? 그게 지구를 죽이는 일일지언정 당신은 스스로 뭔가 의미 있는 일을 하고 있다고 생각하고 있는 것 아니오?"

남자는 역시 미동도 하지 않았다.

"흐흐, 김중호 씨, 당신은 스스로 시시포스라도 된다고 생각하고 있나보군? 당신이 하려고 했던 의미 없는 작은 폭발이 마치 당신의 생물학적 생명에 큰 의미를 부여해준다고 생각하는 모양인데? 뭐든 대상을 하나 만들고 거기에 개김으로 의미가 생긴다? 그러니까 무의미와 싸움으로 의미가 생긴다? 뭐든 하나 대상을 만들고 그것을 숭배함으로 의미를 만드는 종교하고 뭐가 다를까? 좀 유치하지 않나? 당장 코앞에 뭐가 닥쳤는지 안다면 진정한 무의미가 뭔지 알 수 있으려나? 죽음이야말로 삶을 떠받치는 기둥이라는 사실이라고 우긴다면 뭐 굳이 반대할 이유는 없지만 죽음이 실체로 눈앞에 있다면, 그걸 눈치 챈

다면, 그래도 삶의 토막토막에 의미를 밀어 넣을 수 있을까? 속 터진 만두나 만드는 일, 열심히 하시라구."

출입문이 열리고 두 명이 상황실 안으로 들어왔다. 천천히 머리부터 출입구를 통과한 남자는 능숙하게 이동레일에 고리를 걸었다. 무중력 상태가 아주 익숙한 몸놀림이었다. 뒤이어 들어선 이는 삼십 초반의 여자였다. 둘은 아무 말 없이 움직였다. 애초부터 이 공간 안에 아무도 없다고 느끼는듯했다. 5분 동안 정적에 휩싸인 작업이 끝나자 내게 시선을 던졌다. 여자였다.

"가시죠."

나를 범죄자 취급하며 강제로 끌고 가는 상황을 기대한 것은 아니지만 적잖이 당황스럽기까지 했다. 마치 별로 친하지 않은 친구를 만나 다른 약속장소로 함께 이동하는 분위기였다. 나도 모르게 그들을 따라나서기 위해 몸을 움직였다. 순간, 왼쪽 옆구리에서 바늘로 찌르는 듯 통증이 움직임을 붙들었다. 뭔가에 심하게 얻어맞았지만 통증만은 미뤄두었다가 잊고 있을 때 갑자기 찾아온 느낌. 잠시 지체되었지만 그들은 출입구 옆에서 무심하게 나를 기다리고 있었다.

D-2926h

이번에 우리 일행을 기다리고 있는 서틀은 우주 엘리베이터에서 보았던 검은색 원반모양이었다. 공식적으로는 확인한적 없는 모델이었고 소속 확인을 위한 어떤 표시도 없었다. 말 그 대로 미확인 비행체였다. 내부의 시스템도 기존의 셔틀과는 전혀 달랐다. 반원형으로 된 상부 전체가 반투명해 거의 완벽한 시야를 보장했으며 계기판 구조 자체가 없는 아주 심플한 시스템이었으며 관성 또한 거의 느낄 수 없었다. 기존의 셔틀에 비해 3배 이상의 속도로 움직였으며 방향전환과 가속, 감속 또한 아주 자연스러웠다. 나는 좌석에 몸을 고정하고 배부른 고양이처럼 얌전하게 숨 쉬는 일 외에는 할 일이 없었다. 임무에 실패했을 경우 이정도의 상황은 예측 가능한 것이지만 인숙과 연락할 수 없다는 것만은 피할 수 없는 답답함이었다. 인숙은 아팠고 혼자였다.

 "지상과 통신할 수 있을까요? 개인적인 일입니다."

 조종석에 몸을 고정하고 있던 두 사람은 반응이 없었다. 그들 입장에서 보면 사실 나는 테러리스트 이상도 이하도 아닐 터였다. 이런 요구는 턱없는 것일 수도 있었다.

 "좋으실 대로 하세요. 아무 문제없습니다."

 뜻밖에 선선한 대답이었다. 여자였다. 서둘러 통신모듈을 당겨 인숙이 있는 집의 코드를 입력했다. 개인코드를 이용해 집안의 화면을 켠다. 인숙의 모습은 찾아볼 수 없다. 인숙의 생체신호에 접속했다. 비교적 안정된 생체신호를 확인한다. 그러나 인숙은 집안에 없었다. 인숙 또한 몸 안에 이식하는 장치는 일절 거절했었다. 그것은 마치 종교와도 같은 신념이었다. 그렇기에 통신용 단말기를 가지고 있지 않으면 통화할 수가 없었다. '나는 잘 있다. 다시 연락하겠다.' 간단한 메시지를 전송한다.

"김중호 씨 부인, 아포토시스 환자 아니던가요? 수용소로 이동하지 않았군요."

입을 여는 쪽은 여자였다. 아주 건조하게.

"당신들 모두는 왜 내 신상에 대해 꿰뚫고 있죠? 내가 그렇게 중요한 인물이던가요?"

조금 전 우주정거장에 있던 남자도 아내에 대한 정보를 알고 있었다. 모두들 내 개인 파일을 속속 파악하고 있는 이유를 알 수 없었다. 그 때문에 순간 흥분을 누르지 못했다. 그러나 아무도 대꾸하지 않았다.

"아포토시스는 전염되는 병이 아닙니다. 원인은 알 수 없지만 세포들 사이에서 발생하는 신호체계의 이상으로 나타나는 증상입니다. 수용소에 갈 이유가 없죠. UN이 쓸데없이 긴장감을 조성하고 있는 겁니다."

흥분은 곧 불안으로 변했고 불안은 나를 혼자 떠들게 만들었다.

"당신들 아포토시스 증후군에 대해서 제대로 알기나 하고 말하는 겁니까? 주변에 환자 없나요? 그렇다면 그런 얘기는 할 수 없을 겁니다."

대규모 우주정거장 하나가 시야에서 점점 커지고 있었다. 우주정거장이라면 예의 가지고 있는 태양전지가 없었으며 블록들이 관절로 연결되어 있지 않았다. 대신 전체적으로 커다란 직육면체에 가까웠다. 이는 어떤 경로를 통해서도 확인하지 못했던 새로운 형태의 우주정거장이었다.

"아포토시스(apotosis)는 세포가 스스로 자살을 선택하는 겁니다. 외부적인 손상으로 막이 터지면서 세포가 죽는 네크로시스(necrosis)와 반대죠. 이렇게 세포가 죽기로 결심하면 ATP를 적극적으로 소모해 스스로 연소하기 시작하는 것인데, 이게 시작되면 스스로 DNA를 끊어버리고 결국 쪼그라들어 죽습니다. 사실 이 죽음은 우리 몸에서 자연스러운 과정입니다. 몇몇 세포그룹들이 죽음을 선택함으로 생명체 전체를 살리기 위해서 필요한 것이니까요."

나도 모르게 불필요한 설명을 늘어놓고 있었다. 자세한 내용이야 모를 수 있어도 최근에 가장 큰 이슈 중에 하나인 이 병에 대해 대부분 그 정도의 메커니즘은 이해하고 있었기 때문이다.

"손가락의 발생이 대표적인 예입니다. 덩어리 세포에서 불필요한 부위의 세포들이 자살함으로 손가락의 모양이 만들어지는 것입니다. 아포토시스는 발생과 분화의 과정에서 불필요한 부분을 없애기 위해 꼭 필요한 과정이죠. 또 세포가 심각하게 훼손되어 암세포로 변할 가능성이 있거나 방사선, 화학물질, 바이러스 등으로 유전자 변형이 일어나면 세포는 이를 감지하고 자살 명령을 내리는 겁니다. 그러니까 아포토시스는 세포 차원에서의 자살을 말합니다. 이런 내부적 메커니즘의 손상으로 생기는 병이 전염된다고 말하는 사람들에게는 분명히 정치적 의도가 있습니다."

아포토시스 증후군이라고 명명된 병이 전 세계적으로 발생하기 시작한 것은 불과 3개월 전이었다. 이는 다름 아닌 세포 자살의 명령체계에 이상이 생겨 정상세포들이 이유 없이 자살하는 병이었다. 예상할 수 없는 부위에 예상할 수 없는 규모로 갑자기 세포가 스스로 괴사하기 시작하는 것이다. 물론 치료 방법은 없었다. 줄기세포를 이식해도 초창기에 정상적으로 분화하다가 이내 성장한 세포들도 자살의 경로를 밟았다. 세포의 자살이 시작되면 오로지 그 주변의 세포들에 번지지 못하도록 전달물질을 차단하는 정도가 최선의 치료였지만 이마저도 효과는 미미했다.

더 심각한 경우는 이 자살 명령이 신경세포에 내려지는 경우였다. 특별한 이유 없이 죽음보다 더한 통증에 시달리기 시작하면서 심한 경련과 함께 특정 부위에 모든 감각이 사라지는 증상도 동반했다. 여기에 시각과 청각이 혼동되거나 아예 사라지는 경우도 있었다. 정신은 명징하지만 몸이 정신의 통제를 벗어나 멋대로 움직이는 경우도 보고되었다. 한마디로 신경세포에 의해 일괄적으로 통제되던 세포들 간의 연합이 깨짐으로 세포 하나하나의 독단적 행동이 시작되는 것이었다. 반대로 이야기하면 세포들이 합의했던 하나의 죽음이 사라지면서 인간의 몸 안에서 수백만, 수천만의 각각 다른 죽음들이 진행되는 것이다. 이것은 인간의 정신과 육체를 타들어가는 촛

불처럼 서서히 녹이는 병이었다. 인숙의 병 또한 주로 신경세포에 나타나는 아포토시스였다.

D-2920h

우주정거장의 중앙홀까지 가는 통로는 지금까지 봐왔던 어떤 우주구조물의 통로보다 넓고 화려했다. 이런 쓰임새는 공간의 낭비이자 허영 이상으로는 볼 수 없었다. 벽에 설치된 이동레일에 우주복을 접착시키자 레일은 부드럽게 움직이기 시작했다. 천천히 그리고 아주 부드럽게 움직이는 레일을 따라 이동하다보면 어릴 적 커다란 아버지의 손에 이끌려 산책하던 기억이 떠올랐다. 강하지만 부드러운 힘의 전달.

중앙홀은 컸다. 지름이 30m에 달하는 타원형 공간이었고 벽은 아무런 장치도 없이 순백의 빛으로 채워져 있다. 상하좌우가 없는 커다란 공간에 버려지자 한동안 현기증이 일었다. 호박의 밝은 안쪽, 거기에 나는 떠있었다. 벽 쪽으로 다가가 고정 패널에 몸을 접착시켰다. 아무런 힘을 느낄 수 없는 무중력 상태이지만 벽에 몸을 붙이고 공간을 바라보자 어릴 적 바닥에 누워 바라보던 파란 하늘이 떠올랐다.

다른 몇 개의 출입 구멍으로 사람들이 들어오기 시작했다. 다섯, 그리고 그들은 무중력 상태에서 아주 노련하게 움직였다. 나를 제외한 모두는 머리가 희끗한 장년과 노년층이었고

남자였다. 요즈음 저 정도의 외관이면 족히 100세를 바라보고
있을 나이였다.

　나는 그들에게 투명인간이었다. 각자 자신의 위치를 확인하
고 그곳으로 몸을 움직여 자리를 잡고 있었으나 누구도 내게
초점을 맞추거나 말을 거는 사람은 없었다. 대략 1분의 시간이
지나자 커다란 공간 안 여기저기에 나를 제외한 다섯 명의 사
람이 골고루 퍼져 자리를 잡았다.

　그중 작은 체구의 백인이 벽면에 있는 고정 패널에 살짝 발
을 붙이고는 몸의 균형을 잡아놓고 먼저 입을 열었다. 이마가
넓고 작은 체구의 백인이었다.

　"김중호 박사, 반갑소."

　그는 9시 방향으로 5m 가량 떨어져 있었고 아무 장비도 없
이 말했지만 소리는 너무 똑똑히 전달되었다. 공간 자체가 소
리를 모으는 초점 잘 잡힌 반사경의 역할을 하고 있었다. 나는
아무 말도 할 수 없었다.

　"긴장 푸세요. 나는 찰스라고 하오."

　"이름 말고 내게 다른 말을 먼저 해야 하지 않나요? 당신들이
누구인지, 그리고 나를 왜 여기로 데려왔는지."

　나는 굳어있었다. 내 목숨은 이들에게 달려있었다. 살려달라
고 애원하고 싶은 마음은 없었다. 그러나 지상에는 아직 인숙
의 숨이 가냘프게나마 이어지고 있다는 사실을 본능은 무시하
지 못하고 있었다. 포기했던 생명이었지만 마지막으로 인숙을
보고 싶었다. 안고 싶었다. 냄새 맡고 싶었다. 찰스라고 자신

을 소개한 남자의 눈이 푸른빛으로 빛났다. 어디선가 계속 영상이 들어오고 있는 것이다.

"젊은 친구, 좀 천천히 하지요. 그리고 우주복은 벗는 게 낫지 않겠소? 거추장스럽잖아요. 우리처럼 나이가 들면 많은 게 거추장스럽다오. 저기 지상에서 항상 우리를 옭죄고 있는 중력도 그렇고, 이렇게 살아있다는 일마저도 어떤 때에는 무거운 짐 같아요."

순간 나는 치밀어 오르는 화를 주체하지 못했다.

"후, 역시 초월적 시각을 가진 사람들은 다르군요. 삶이 짐이라구요? 그렇게 인생을 초월하신 분들이지만 아쉽게도 지상의 삶에서만 초월하셨군요. 지구야 어찌되던 상관없이 저 멀리 정지위성에서 새로운 삶을 준비하고 계시던데. 인류 역사상 처음 보는 아주 새로운 초월이군요."

가시 돋친 내 말에도 찰스라고 소개한 사나이는 조금도 동요하지 않았다.

"이곳 우주정거장에서 오래 있다 보면 지구의 중력이 부담스러워요. 한번 지상에 내려가면 우리가 얼마나 꽁꽁 묶여 살고 있었는지 실감한답니다. 중력이라는 족쇄에 숨이 다 막히지요. 어떻게든 빨리 이곳으로 돌아오고 싶어요. 물론 사람의 몸은 지구의 중력에 맞게 진화해 와서 무중력 상태에 오래 있으면 많은 문제가 생기지요. 그래서 여러 보조 장치를 사용합니다. 여기 익숙해지면 중력은 참 부담스러워요. 지상에서 꾸려온 삶도 마찬가지에요. 우리를 옭매고 있는 게 너무 많아요. 이제 이만큼 살았으면 좀 더 자유로워지고 싶어요. 우리가 중력에서 떠난 것처럼 삶의 끈도 많이 끊고 싶죠. 이해하기 힘들겠지만."

"이해하기 힘들군요. 돈과 권력을 이용해서 자기들만 살아남으려는 비열한 사기꾼들의 말이라 그런지 더 이해하고 싶지 않군요."

몇 번에 걸쳐 쏟아내는 독설 덕에 내 몸은 긴장이 풀리고 있었다. 찰스는 한동안 말이 없었다. 다른 네 명의 사람들은 이 대화를 듣지 못하는 사람들처럼 조용히 움직이지 않았다.

"맞아요. 당신이 본 건 맞습니다. 정지위성 궤도에 건설되고 있는 거대한 집광판과 전자총도 맞고 그 뒷면에는 우주 주거시설이 만들어지고 있는 것도 맞습니다. 우리는 Polar Fix Project와 더불어 NG-2 프로젝트를 같이 추진하고 있어요. New Generation, 지구인들의 새로운 세대를 만드는 거죠. 다만 NG-2의 경우 비밀로 했던 것뿐입니다. 보세요. 지구는 죽어가고 있습니다. 지상에서 삶은 얼마 남지 않았어요. 우리 모두 함께 죽을 필요는 없잖아요? 같은 시간대에 같은 행성에 존재했다고 해서 반드시 같이 죽을 필요는 없죠?"

순간 본능적으로 느낄 수 있었다. 내가 모르는 뭔가가 있다는 사실.

"우리라뇨? 당신들은 누구죠? 당신들에게 무슨 권리가 있다고 전 인류가 만들어놓은 재화를 이용해 자신들만 살 길을 만들고 있으면서도 이렇게 자신만만할 수 있나요?"

"아, 우리 소개가 늦었군요. UN 산하 우주관리국 안에 있는 위원회 중 하나입니다. 뭐 자세한 소개까지는 알 필요도 없고 기억하지도 못할 겁니다. 그건 그렇고 김중호 박사가 지구생태학에 정통한 학자라고 알고 있습니다. 여기에 모신 것도 당신의 의견을 듣고 싶어서 이구요. 또 특별한 능력을 가지고 계신다는 소문도 들었습니다. 그런 분이 그런 하찮은 일로 목숨을 버리려 한다는 얘기를 듣고 안타까웠어요."

"하찮다니요? 뭐가 하찮다는 말이죠?"

"아니, 작은 논쟁거리들은 그냥 넘어가지요. 피곤하잖아요? 우선 작은 오해에 관해서는 풀고 넘어갑시다. NG-2프로젝트는 인류를 살리려는 계획입니다. 정지위성에 건설되고 있는 주거시설에는 대략 2만 명 정도가 살 수 있습니다. 물론 저와 여기 계시는 분들은 그곳에 가지 않습니다. 젊고 생식능력이 좋은 학자들을 우선으로 하고 군인과 아이들을 원칙에 따라 골고루 선발해서 다음 인류를 구성할 사람들이 조용히 이주할 것입니다. 그리고 이주가 완료되면 그 후, 한 달 안에 저 위성은 지구궤도를 이탈할 것입니다. 작은 핵폭발을 추진력으로 지구와 이별합니다. 우주의 떠돌이가 되는 거죠. 일단은 태양과 적당한 거리를 유지하는 궤도를 찾아 스스로 공전궤도에 자리 잡을 겁니다. 우주엘리베이터를 이용해 올라오는 자재들 중 많은 부분이 주거시설을 위한 것들입니다. 김중호 박사가 그 일을 아주 싫어하고 있다고 해도 일은 진행될 것이구요."

D-2919h

"물론 지금, 지구가 큰 위기에 처해있다는 사실은 저도 인정합니다. 중요한 사실 하나만 봅시다. 지구의 자기축이 지구가 태어난 이래 가장 빨리 이동하고 있는 것은 사실입니다. 그러나 그것 하나로 지구가 죽어가고 있다고 단정하는 것은 당신들의 사욕과 오만이 낳은 자위적 결론이지요. 지구에 변화가 일어나고 있는 것이지 죽어가는 것은 아닙니다. 지금 지구에서 일어나는 재앙의 많은 부분이 오히려 당신들이 진행하는 폭발에 기인한 것입니다. 지구를 그냥 두는 것이 지구와 함께 우리 인류가 살아남는 길입니다."

순간, 위성 안에 위치한 커다란 회의실은 정적에 휩싸였다. 나의 발언이 새로운 것도 아닐 터이고 혹은 새롭거나 충격적이라 하더라도 눈 하나 깜짝하지 않을 그들이었기에 갑자기 맞닥뜨린 정적은 큰소리로 떠들던 나를 오히려 당혹스럽게 만들었다. 그렇기에 정적의 시간은 더욱 길게 느껴졌다. 그렇게 얼마의 시간이 지났을까, 순백의 둥근 외벽 전체가 우주공간의 암흑과 그 사이에서 빛나는 별들로 가득 채워졌다. 벽 자체가 바깥의 공간을 디스플레이한 것이었다. 마치 우주복 없이 알몸으로 우주유영을 하는 듯했다. 중간 중간 다섯 명의 노인들이 하얀 시체처럼 곳곳에 떠있는 것을 제외하면.

"우리도 알고 있습니다. PFP프로젝트가 별 실효성이 없다는 사실 말입니다. 그러나 저 정지위성이 어마어마한 전기에너지를 만들고 있는 것도 사실입니다. 인간이 존재하려면 에너지는 있어야죠? 그리고 맨틀 상부에서 이루어지고 있는 폭발은 곧 중단할 예정입니다. 자기축의 이동을 막는 효과보다는 부작용이 더 심하다는 결론이 났어요. 여론도 안 좋고. 하긴 이런 아수라장에서는 여론이라고 할 만한 것이 존재하지도 않지만, 인간이 스스로 진화의 정점에 자신을 가져다 놓는 근거가 이성을 가지고 있다는 사실이죠? 그러나 이성은 실체가 없어요. 그저 본능의 축적 이상은 아니라는 사실이 여실히 드러나잖아요? 이런 위기상황, 그러니까 죽음 앞에서."

어두워진 공간 안에서 찰스는 독백하듯 중얼거렸다. 그때 텅 빈 공간의 중앙에 희미한 형체가 하나 나타났다. 홀로그램 입체영상이었다. 중앙의 구는 깊은 어둠으로 이루어져 있었고 구의 바깥에는 희미한 빛을 내는 가스구름이 회전하며 검은 구를 향해 빨려 들어가고 있었다. 검은 구의 위아래로는 뻗어나가는 제트분사가 희미하게 보였다. 눈에 익숙한 천체였다. 빛마저도 탈출하지 못해 자신은 아무것도 보여주지 않지만 자신이 먹어버리는 물질들의 비명으로 자신을 드러내는 존재. 전형적인 회전하는 커형 블랙홀이었다. 회전하면서 모든 시공간을 갈가리 찢어 집어삼키는 천체, 우주에 죽음의 부분이 있다면 바로 블랙홀이라는 이름을 가지고 있을 것이다.

"이것이 무엇인지는 알겠죠? 블랙홀이오. 우리 우주 곳곳에 퍼져있는 블랙홀. 우리 은하의 중심에도 거대한 블랙홀이 있잖소."

"그래서요? 찰스 씨? 뭔가 비밀이 있는 것 같은데, 말 돌리지 말고 빨리 말해보세요."

"저 블랙홀은 어디 있는 것이겠소? 그래픽이 아니라 실제 블랙홀을 촬영해 가시광선 쪽으로 약간 전이시킨 영상이오."

곱게 가라앉아있던 불안이 모종의 흔들림에 의해 모락모락 일어나고 있었다.

"지구궤도 바로 안쪽에 있는 블랙홀이오. 정확히 말하면 지구궤도 안쪽으로 3만Km 정도 떨어진 곳에 자리 잡고 있어요."

멍했다. 인숙의 발병을 알았을 때도 이렇게까지 황당하지는 않았다. 지구궤도 바로 안쪽에 블랙홀이 있다니.

"언제부터죠? 크기는? 그리고 블랙홀이 어떻게 태양계 안에?"

"당황스럽다는 사실, 충분히 이해하고 있어요. 우리도 사실을 확인하고 모두 손을 놓았었으니까요. 그러나 인간으로 존재하는 이상 뭔가는 해야 하지 않나요? 뭔가 하지 않으면 인간이 아니지요. 하다못해 자살이라도 하는 것이 인간 아닙니까?"

찰스의 이야기를 귀 기울여 듣고 있기라도 한 듯, 홀 중앙의 블랙홀로 빨려 들어가는 가스들은 천천히 회전하고 있었다.

"하여간 천천히 이야기를 풀어보죠. 우리가 이 블랙홀의 존재를 알게 된 것은 정확하게 98일 하고도 13시간 전입니다."

"예? 그 시간이면 지구의 자기축이 갑자기 이동하기 시작한 시점과 정확하게 일치하지 않나요?"

내 질문은 반사적이었다.

"그래요. 더 정확하게 말하자면, 지구의 공전궤도 반대편, 그러니까 대략 4개월 후에 지구가 지나갈 공간 근처에 블랙홀이 돌연 나타난 거죠. 그 때문에 엄청난 중력파가 발생했고 그 중력파가 빛의 속도로 지구에 도달한 시점부터 지구의 자기축이 이동하기 시작했다고 보면 맞소."

지구의 공전궤도 곳곳에 자리 잡고 있는 중력파감지장치는 원래 깊은 우주를 관측하기 위해 설치된 것이었다. 우주의 전역에 퍼져있는 암흑물질의 분포를 좀 더 자세하게 완성하고 이를 통해 우주의 기원을 연구하기 위해 설치된 중력파감지장치가 뜻밖의 소식을 전해왔다. 우주의 시작을 묻기 위해 설치한 마이크에서 지구의 죽음을 알리는 소식이 전해진 것이다.

"크기는요?"

"사건의 지평선이 가진 지름이 대략 9Km 정도입니다."

이때 홀에 떠다니며 멍하게 앉아있던 다른 사람이 처음 입을 열었다. 자신이 누구인지 밝히지 않았으며 찰스에게조차 적대적인 반응을 보이고 있었다. 그는 내 발쪽으로 3m가량 떨어져 있던 백발의 작은 체구였다.

"지구라는 게 둘레가 4만Km에 달하는 거대한 공입니다. 그런데 그깟 9Km짜리 블랙홀로 지구가 사라진다는 말입니까? 나는 지금도 믿을 수가 없어요. 이 사람들 괜한 호들갑떠는 일이라고 생각합니다. 이게 뭐하는 짓인지, 원."

"클라우드 경, 자네가 아무리 행정전문 이사이지만 과학에 관해서는 기초상식이 더 필요할 것 같군요. 블랙홀이라는 게 바닥없는 낭떠러지 같은 것입니다. 물론 3차원 공간에 있는 밑 없는 낭떠러지. 그것은 아무리 입구가 작아도 모든 것을 산산 조각 내어 당깁니다. 공간 자체가 갈가리 찢겨 사라지는 거죠. 모든 정보가 사라지는 경계선이 블랙홀이 가진 사건의 지평선 입니다. 정보가 사라진다는 말 이해하시겠어요? 당신을 이루고 있는 원자들이 자신의 역할을 잊어버리고 모두 가장 작은 공간으로 찌그러져 들어간다는 말입니다. 진정한 죽음은 그런 거죠. 자신을 이루고 있던 작은 조각들이 모든 기억을 잃어버리는 일 말입니다. 늙어서 죽는 일은 차라리 죽지 않는 다는 것과 같습니다."

찰스는 조용히 중얼거렸다. 마치 스스로에게 죽음이 무엇인지 다시 확인하는 듯한 혼잣말처럼 보였다.

"그곳은 엄청난 중력으로 공간이 심하게 기울어 있어 빛마저도 빠져나오지 못하죠. 물질과 공간, 기억까지도 모든 것이 사라지게 하는 천체입니다. 무엇도 예측할 수 없는 멀고 어두운 건너편이죠. 지금 우리는 그 낭떠러지를 향해 한발씩 다가가고 있는 겁니다. 클라우드 경, 자신의 무지와 싸우는 일은 잠시 접어두고 우주엘리베이터 지상기지의 보안과정을 리부트하는 일, 빨리 처리해 주세요."

빙긋 웃는 입꼬리는 자조하고 있는 찰스의 심중을 보여주고 있었다. 그렇게 백발의 클라우드를 나무란 찰스는 입을 다물었다. 나도 정신을 가늠할 수 없었다.

"사건의 지평선 지름이 9Km이면 질량이 어느 정도이지요?"

"지금 저 블랙홀의 질량은 태양과 거의 같아요. 신기할 정도로 일치합니다. 태양이 블랙홀이 된다면 딱 저만한 지름 9Km의 블랙홀이 되지요. 블랙홀이 되기 위해서는 별의 마지막 단계로써 초신성 폭발 후 남겨진 핵의 질량이 태양의 3배 정도가 되어야 중성자별로 남지 않고 블랙홀로 수축할 수 있다고 보고 있소. 자연 상태에서는 만들어질 수 없는 블랙홀입니다. 이론적으로는 있을 수 없는 크기의 블랙홀이지요. 원자핵을 구속하고 있는 핵력의 크기가 다른 우주라면 모를까."

"태양과 질량이 같고 태양과 그만큼 가까운 곳에 자리 잡았다면, 물론 눈에는 보이지 않지만, 쌍성계가 되는데,"

내가 말을 끊자 찰스가 입을 말을 이었다.

"맞소. 태양의 질량은 지구의 3백3십만 배 이상이오. 당연히 태양계 전체의 질량중심은 바로 태양 안에 있었지요. 태양을 제외한 모든 행성들의 질량을 더해봤자 태양에 비하면 아주 미미한 수준입니다. 그러니 계 전체의 질량중심은 당연히 태양 자신의 질량중심의 위치와 거의 같았던 거죠. 그런데 아주 가까운 곳에 태양과 같은 질량을 가진 천체가 갑자기 생겨나면서 태양계 전체의 질량중심은 태양과 블랙홀 사이로 이동한 겁니다. 그러니 태양을 중심으로 형성되어 있던 태양계 전체의 균형이 급격하게 바뀔 수밖에. 따라서 모든 행성의 공전궤도에 커다란 혼란이 온 겁니다. 태양과 블랙홀이 서로를 바라보고 공전을 시작했으니까요. 두 별이 가까이서 회전하는 쌍성계가

된 거지요. 하나는 보이지도 않지만. 이제 태양을 중심으로 안정된 궤도를 따라 돌던 지구를 비롯한 행성들은 순간적으로 궤도의 중심이 바뀐 거요. 지금 태양계는 엄청난 혼란에 빠져 있소."

"하나의 강력한 왕에 의해 질서를 유지하던 왕국에 또 하나의 검은 왕이 갑자기 나타난 거군요. 그런데 그 왕은 형체도 없고 보이지도 않는 그림자처럼 영향력만 행사하고 있다는 거네요. 거기에 곧 몇 개의 행성을 잡아먹을 예정이구요."

"금성은 벌써 궤도가 틀어져 있어요. 보름 후면 블랙홀 사건의 지평선에 이를 겁니다. 수성은 어디 있는지 찾을 수가 없어요. 태양이던 블랙홀이던 이미 흡수된 것 같고."

찰스는 본인이 뱉은 말을 곱씹듯 다시 중얼거렸다.

"흡수라, 흡수!"

D-2918h

"찬드라 박사는 우주시스템 전문가입니다. 간단하게 블랙홀을 브리핑해주시겠소?"

찬드라라 불린 사람은 인도계 특유의 갈색 피부와 반짝이는 눈이 묘한 대비를 이루고 있었다. 그러나 선명한 구분으로 이루어진 대비가 아니라 진중함과는 살짝 비틀려 있는 냉소가 흐르고 있었다. 한쪽만 내려간 눈꼬리와 큰 코, 얇은 입술이 하나의 얼굴을 완성하고 있기 보다는 따로따로 자기만을 드러내기 위해 다투고 있는 인상이었다. 찬드라를 얹고 있는 시트가 중앙으로 이동해 블랙홀의 영상에 다가갔다. 사람이 블랙홀로 빨려 들어가는 시뮬레이션을 보여주려는 연출이라는 생각이 들었다. 보기와 다르게 저음인 찬드라의 목소리가 홀 여기저기를 돌아다니기 시작했다.

"뭐, 다들 알고 계시는 사안들이지만 새로 도착한 테러리스트도 있고 이 방면에 전혀 문외한이신 분도 있으니까 간략하게 이야기해보죠. 블랙홀은 통상 태양보다 8배 이상의 질량을 가진 별이 죽음을 맞는 과정에서 만들어집니다. 그보다 작은 것들은 백색왜성이나 중성자별로 일생을 마치지만 일정 질량이 넘으면 스스로 붕괴해 빛조차도 빠져나올 수 없는 블랙홀이 되지요. 이런 사안들은 학교에서 배운 것들이라 그냥 넘어가겠습니다. 그럼 블랙홀에 다가가면 어떤 일이 생기는지 일반론부터 말씀드릴까요? 혹 지루하실지 모르지만 우리가 곧 겪게 될 죽음의 단계라고 생각하시면 지루함은 좀 덜 할 겁니다. 제 생각으로는 클라우드 경은 좀 더 집중해서 들으시는 건 어떨까 싶지만 뭐 듣기 싫으시면 상관없습니다. 무지야말로 죽음을 맞이하는 가장 효과적인 방법 중 하나이니까요."

클라우드는 아무 반응이 없었다. 아마도 이 무리 안에서도 조금 내놓은 사람인 듯 싶었다.

"그럼 시작하겠습니다. 일반적으로 블랙홀의 바깥 영역인 사건의 지평선에 다가가면 시야가 왜곡되기 시작합니다. 그 원인은 상상을 초월하는 중력 때문이죠. 블랙홀로 다가가면 일단 중앙에 검은 구멍이 생기는 것처럼 시각이 왜곡되기 시작합니다. 정중앙에 위치했던 별들이 바깥으로 밀려나기 시작하고 가운데 검은 구멍이 생깁니다. 그런데 그 외곽에는 뒤편의 별들도 등장하죠. 앞을 보고 있어도 자신의 뒤편까지도 동시에 볼 수 있을 겁니다. 카메라의 광각렌즈 효과와 비슷하긴 한데 중력의 세기에 따라서 그 왜곡의 정도는 더 심해지죠. 앞에는 커다란 죽음의 암흑과 마주하게 되고 그와 동시에 뒤를 돌아보는 겁니다. 우리가 일상적으로 겪는 평평한 공간이 아니기 때문입니다. 죽음 앞에서 생을 돌아보는 찬란한 회상쯤으로 생각해도 좋지요. 뒤 돌아보지 않는 회상, 뒤 돌아보지 않는 후회? 뭐 이런 것들이지요. 그러나 이건 서두일 뿐입니다."

찰스가 끼어들었다. 찬드라의 성격이 어떤지 잘 알고 있지만 그래도 불쾌한 표정이 배어나왔다.

"개인적이고 감정적인 사견들은 생략합시다. 닥터 찬드라."

그때 몸에 떨림이 느껴지기 시작했다. 거부할 수 없는 강압적인 느낌이었다. 낯설지 않지만 고통스러운, 고통스럽지만 거대한 서글픈 흐느낌이 만드는 진동이었다. 지구의 잔잔한 비명이었다. 지구가 죽음이라는 것에 대해 메시지를 보내고 있는듯했다. 이 느낌은 맛으로 먼저 다가왔다. 입안에 침이 고이기 시작했다. 침은 달짝지근함이 섞여있는 신맛이었다. 그러나 이 신맛은 인간 진화의 과정에서 비타민을 찾아내기 위한 반응으로 정착한 것이 아니었다. 진정 깊은 환멸의 맛은 몸을 부르르 떨게 하는 것이 아니라 가라앉게 만들었다. 눈꺼풀이 무거워지고 손과 발에서 기운이 빠져나갔다. 그러자 다리는 배를 향해 올라오기 시작했고 손은 얼굴을 가릴 위치로 스스로 떠올랐다. 사람의 몸이 보이는 무중력에 대한 반응이라고는 하지만 중력이 없는 상태에서 이런 무기력을 느낄 때면 몸은 바로 태아의 자세를 향했다. 찬드라의 너스레는 이어졌다.

"하하, 예, 뭘 이 정도 농담 가지고. 사건의 지평선에 이르면 강력한 중력 때문에 시간이 점점 느리게 가죠. 그러나 그것은 외부에서 볼 때 일어나는 현상입니다. 블랙홀로 다이빙하는 자신의 시간은 그냥 흐를 뿐이지만 멀리 있는 관찰자에게는 시간이 점점 느리게 가서 영원히 사건의 지평선에 이르지 못하는 것처럼 보입니다. 영원히 빨려들지 않고 사건의 지평선 근체에 머무르는 것처럼 보이는 거죠. 그렇다고 살아있다는 증거는 아닙니다. 다만 떠나보낸 이들에게 남기는 오래된 사진 같은 거예요. 아마 저기 정지위성궤도에 있는 우주판 노아의 방주에서 잠깐 살아남은 사람들에게는 추억 같은 그림이 될 수도 있겠지요. 고향의 액자 말이에요. 두고두고 보세요. 찌그러진 지구의 과거를."

자신의 죽음 앞에서 저렇게 비아냥거릴 수 있는 자세는 초월의 경지 아닐까, 하는 생각이 잠깐 들었다. 죽음을 삶의 한 부분으로, 시간이 지나면 당연히 우리가 맞이해야할 경축일 아침 눈을 뜨는 일처럼 여길 수 있다면 저런 비아냥거림이 자연스러울까? 라고 생각하다가 찬드라의 표정을 유심히 보았다. 그의 표정에서 그런 초월이 가지는 편안함을 찾을 수는 없었다. 오히려 통제할 수 없는 두려움이 덮쳤을 때 독특한 인격이 만들어내는 왜곡된 반응이었다. 아마도 찬드라는 어떤 이유로건 이들로부터 소외되어 있다는 느낌이 들었다. 소외가 그를 비틀리게 만들었을 것이다.

찬드라의 얼굴을 바라보는 동안 입안에 고여 있던 신맛이 전이되기 시작했다. 죽음이 내뿜던 환멸의 신맛은 점점 피부 표면으로 올라오기 시작했다. 올라와 작은 벌레들이 떼로 몰려다니듯 피부의 여기저기를 돌아다녔다. 아무리 오래 견뎌도 친근해질 수 없는 가려움은 오른쪽 어깨 위에서 겨드랑이 쪽으로 파고들었다. 순간 웃음이 났다. 도무지 이유를 알 수 없지만 지구와 함께 느끼는 죽음의 신호는 그렇게 한순간 실소를 자아냈다. 간지럼이 만드는 실소, 죽음은 그런 것인지도 몰랐다. 나의 실소를 눈치 챈 이는 찬드라뿐이었다. 그는 습관처럼 지껄였다.

"기대하세요. 그 다음 순간은 중력의 급경사를 만날 순서입니다. 황홀함을 느낄 수조차 없는 일방통행 롤러코스터! 이 일은 이미 사건의 지평선을 넘어서기 전부터 일어나지요. 자 이때부터는 블랙홀의 중심에서부터 방사형으로 아주 작은 위치차이만 있어도 중력의 크기는 어마어마하게 달라집니다. 그래서 지금 우리가 누리는 거의 평평한 3차원 공간에서는 상상도 못할 일이 벌어지죠. 아주 작은 위치의 변화에 따라 중력의 크기가 워낙 크게 달라지기 때문에 공간 자체가 갈가리 찢어집니다. 폭포에서 떨어지는 물방울들을 떠올려 보세요. 떨어지기 전 물줄기는 원래는 하나의 집합체처럼 보이지만 일단 떨어지기 시작하면 각자의 속도가 달라지기 때문에 작은 물방울들로 나뉘죠. 이와 비슷합니다. 공간은 이렇게 찢어집니다. 이걸 기조력이라고 해요. 우리를 이루고 있는 물질들은 공간에 기반을 두고 있죠? 그런데 공간이 찢어진다고 생각해보세요. 종이가 찢어지면 종이 위의 그림은 어떻게 되지요? 그러나 너무 비관적일 필요는 없습니다. 우리는 뭐, 이런 거 느낄 틈도 없을 테니까요. 저는 영광이라고 생각합니다. 스스로 이성을 가졌다고 믿는 생명체가 블랙홀에서 생을 마감한다는 것은 어쩌면 우리 우주 안에서 받을 수 있는 대단한 영광일지도 모르죠."

천천히 회전하는 몸을 다잡기 위해 시트의 자세고정 스위치를 다시 눌렀다. 찬드라가 떠벌이는 영광의 말미를 듣는 동안 내 시야에서 눈앞의 광경은 점점 지워지고 있었다. 당황스러웠지만 이제 무슨 반응인지 짐작할 수 있었다. 가려움으로 피부 위를 떠돌던 죽음의 촉각이 시각을 점령하면서 몸을 바꾸고 있는 것이다. 내 눈이 느낄 수 있는 형체는 모두 사라졌지만 그 자리를 투명한 무엇인가가 가득 채웠다. 투명하고 밝지만 전혀 눈부시지 않은 그 무엇이 조금 전까지 겨드랑이를 간질이던 촉각이라고는 전혀 믿기지 않았다. 마치 해뜨기 전 대지를 빈틈없이 덮은 흰 눈들의 속삭임을 보는 기분이었다. 점점 밝아지는, 아니 점점 투명해지는 시각을 통해 뭔가가 속삭였다. 소리로 들을 수 없는 속삭임을 눈으로 보는 동안 눈에서는 눈물이 차올랐다. 눈물은 흘러내리지 못하고 동그란 물방울로 몸집을 불렸다. 그리고 한 방울씩 눈을 떠났다. 내 얼굴 앞에 떠다니는 몇 개의 물방울들, 떠도는 그것들에 애써 초점을 맞추니 점점 시각이 돌아왔다. 천천히 회전하는 블랙홀과 찬드라, 유심히 나를 바라보는 찰스. 찬드라의 목소리가 다시 내 청각을 자극하고 있었다.

"다음은 죽음의 완성단계입니다. 우리를 이루고 있는 모든 것이 분해되는 과정을 거쳤다면 마지막으로 본질로 돌아가는 단계이죠. 사건의 지평선을 넘어서고 특이점을 향해 치닫는다면 우리는 어떻게 될까요? 아니 이미 우리라는 것은 없는 상태이죠? 우리는 사실 완벽한 진공에 가깝습니다. 만약에 우리가 원자 안을 들여다볼 수 있다면 완벽히 텅 빈 공간만을 볼 것입니다. 우리는 이루는 원자 안에 핵은 그 텅 빈 곳에서 어디 있는지 찾아보기도 힘들 것입니다. 그리고 전자는 더더욱 찾기 힘들죠. 그냥 먼지만한 구름으로 어딘가 떠돌고 있는 소문일 뿐이지요. 다만 찾기도 힘든 작은 것들 사이에 힘이 작용해 텅 빈 공간에서 서로를 지탱하고 거리를 유지하면서 서로 다른 입자들을 만들고 있던 겁니다. 그런데 사건의 지평선을 넘는 순간, 이런 널널한 공간 아니 우리를 이루는 허공은 아예 사라집니다. 모든 것이 차곡차곡 뭉쳐지면서 끝없이 스스로 붕괴해 특이점으로 사라집니다. 이것이 공간의 마술이자 죽음이지요. 블랙홀 안에서 우리가 맞는 일입니다."

여기서 찬드라는 말을 끊고 천천히 자신이 있던 공간으로 이동했다. 마치 블랙홀에서 유유히 멀어지는 신적 존재를 재현하는 듯 했다. 찬드라가 멀어지자 블랙홀의 주변에 항성이 하나 다가갔다. 스스로 밝게 빛을 내는 항성이 천천히 블랙홀로 다가가자 완벽한 구를 이루던 별이 찌그러지기 시작했다. 밀가루반죽의 한쪽 끝을 잡아 늘이듯이 별은 자신을 이루고 있던 물질을 조금씩 내어놓기 시작한 후 얼마 지나지 않아 잡아 늘인 끝부분부터 처절하게 뜯겨나가기 시작했다. 회전하는 블랙홀의 소용돌이는 조금의 주저도 없이 공간의 심연으로 거대한 별 하나를 집어삼켰다. 이런 죽음의 과정을 아주 천연덕스럽게 시뮬레이션 하는 일은 분명 찬드라의 아이디어였으리라.

D-2917h

"왜 태양계 안에 갑자기 블랙홀이 생겼을까요? 그것도 우리 우주 안에서는 만들어질 수 없는 크기를 가진. 기관에서 추측하는 원인은 있습니까?"

무엇보다 그것이 궁금했다. 왜? 지금? 여기에?

"우리도 그 이유를 알고 싶소. 신이 있다면 전 재산을 헌금으로 바치고서라도 묻고 싶은 심정이오."

머릿속에서는 많은 생각들이 소용돌이 치고 있었지만 갈피를 잡을 수 없었다. 그런 사이 정적은 불쑥불쑥 끼어들었고 꽤 긴 시간 동안 공간을 점령했다. 그러나 불쑥 말을 꺼내 애써 정적을 몰아낸 이는 다시 찬드라였다.

"찰스의 재산이라면 그린란드 정도는 살 수 있을 걸요? 그 정도면 신도 마음이 움직이겠는데요? 하하, 아, 미안합니다. 농담입니다. 하여간 137억 년 전 우리 우주가 '빵' 하고 태어났죠. 거기에 이유 같은 것이 있었을까요? 이유라는 것은 납득할 수 없는 상황을 만났을 때 인간이 책임을 남에게 미루기 위해 발명해낸 자위기구 같은 것 아닌가요? 아, 다시 미안합니다. 나도 모르게 그만. 아, 찰스! 미국 서남부 지방에 쓰나미가 다가가고 있습니다. 그리고 미국 쪽 주식은 계속 폭락입니다. 뭐, 궁금하지도 않으시겠지만."

찬드라는 개중 젊은 축이었다. 아니면 저런 냉소가 그를 젊어보이게 만들었을 수도 있다. 이 상황에서 주식의 동향을 관찰하고 있는 그의 목소리와 검고 핼쑥한 얼굴 여기저기에도 그 냉소는 묻어있었다.

무중력 상태에서 정지라는 개념은 의미가 없었다. 무중력의 닫힌 공간 안에서 정지해 있는 것처럼 보이는 것은 오직 우주정거장이 만드는 벽뿐이었다. 그 안에 있는 모든 물체는 조금씩 움직였고 서로에게 상대적으로 회전하고 있었다. 찰스는 돌아간 자세를 다잡아 나와 정면을 유지하려 노력했다.

"닥터 김, 사실 당신의 의견을 구하기 위해서 이리 데려왔소. 물론 그에 대한 대가도 준비했고요."

이들이 나를 살려서 데리고 온 데에는 이유가 있었다. 그 이유가 무엇인지는 중요하지 않았지만 그것을 알아야 다음 상황에 대처할 수 있었다. 다음 상황이 무슨 의미를 가지고 있던 간에. 그의 말을 듣지 않을 이유도 없었다.

"당신은 지구 생태에 관해 남다른 방식으로 접근하고 있더군. 결과물도 꽤 매력적이었소. 우리는 당신을 상당히 통찰력 있는 지구생태학자로 보고 있어요. 독특한 능력 때문인가요?"

"무슨 얘기가 하고 싶은 겁니까?"

"잊으세요. 우리가 왜 여기에 함께 있게 되었는지는 그냥 잊는 것이 좋겠소. 미래가 없으면 과거도 아무 의미가 없지. 지금부터는 현재 지구에 일어나고 있는 일에 관해서 서로 살 방도를 구하기 위해 정보를 교환하는 자리라고 생각합시다. 닥터 김이 하려고 했던 일이 인류에게 그다지 도움 되는 일은 아니었소. 여기에 모여 있는 사람들이 추진하는 일도 자신 있게 공개할만한 것은 아니니까 서로의 패 한 장씩 감춰놓은 상태로 공평하게 이야기할 수 있지 않을까? 이제 서로가 서로에게 원하는 것을 주고받는 자리일 뿐이오. 아무런 선입견 없이 이야기를 나눠봅시다. 닥터 김이 하려 했던 일에 대해서는 잊겠소."

호칭은 김중호 씨에서 어느새 닥터 김으로 돌아와 있었다. 그러나 한순간 나는 다시 위축되었다. 내가 어떤 대의를 가지고 움직이고 행동했었건 간에 나는 적으로 생각했던 사람들 가운데에서 혼자 떠다니고 있었다. 이제는 양심의 문제가 아니라 다수가 가진 폭력의 문제일 수도 있었다. 무슨 말을 해야 할지 떠오르지 않을 때에는 아무 말도 하지 않는 것이 최선이었다. 다시 입은 연 사람은 찰스였다.

"상황을 잘 이해하시는 분이시잖소? 당신의 능력을 사겠다
는 겁니다. 그 능력으로 지금의 상황을 해석해 보세요."

저주파를 듣는 능력은 듣는다기보다는 몸으로 느끼는 일이
었다. 진동수가 아주 낮은 저주파에 인간의 귀는 반응하지 않
는다. 다만 온몸으로 다가오는 느낌이었다. 그 느낌의 결과는
어쩌면 예전 사람들이 말하는 마음으로 듣는 일과 비슷했다.
그렇기에 남이 들을 수 없는 소리를 느끼는 일은 큰 고통이었
다. 남이 외면하는 소리를 나는 들어야 했으며 그 느낌에 대해
말하려고 하면 남들은 미친 사람으로 취급했다. 자기가 보고
듣고 느끼지 못하는 것에 대해서는 경외를 가지는 것이 사람의
본능이지만 자신이 알 수 없는 것에 대해서 철저하게 무시하고
외면하는 본능도 사람의 것이었다. 그래서 나는 낮은 소리를
듣는 일에 적응하기에 앞서 사람들이 보이는 경멸에 먼저 적응
해야 했다.

모든 의사들은 내가 느끼는 소리들을 모두 환청으로 규정했
다. 자연스레 진단은 정신분열이었고 그 때문에 수용시설을
갖춘 병원에 감금되었던 경험은 사춘기 시절의 나를 이중적으
로 분리하게 만들었다. 그때부터 외부적으로는 남과 같은 소
리만 듣는 보통 사람이었다. 그러나 혼자 있는 시간에는 수많
은 곳에서 들리는 낮은 울음소리에 시달려야 했다.

낮은 소리들과 함께 지내는 시간이 쌓여나가자 그들을 하나

둘 분리해낼 수 있게 되었고 의식적으로 특정한 소리들은 잊고 살 수 있었다.

"NG-2 프로젝트에 당신과 당신 부인의 이름을 넣기로 했소. 특별한 조건은 없어요. 지금부터 맞닥뜨리는 여러 상황에 관해 닥터 김 나름대로의 해석을 자유롭게 얘기해주기만 하면 되는 거요. 우리를 아주 나쁜 사람 취급할 필요는 없어요. 우리는 우리가 운용할 수 있는 자본을 이용해 인류에게 닥친 운명에 약간의 여지를 주자는 것 이상은 아니니까."

공간은 천천히 회전하고 있었다. 관제실이 가진 넓은 창으로 지구가 만드는 푸른 원이 천천히 가라앉고 있었다. 인공위성이 지구의 그림자, 그러니까 밤의 영역으로 들어가고 있었다. 이 널찍한 3차원 공간 한가운데에 자리 잡은 블랙홀의 영상은 양극 방향으로 희미하게 광속의 제트 분사를 뿜으며 스스로 태연했다.

"그러니까 나와 아내에게 저기 정지위성에 만들고 있는 우주 방주 한 켠에 조그만 빈자리를 하나 내어주겠다는 건가요? 100억에 이르는 인류 중에서 2만 명만이 타고 지구를 떠날 우주공동묘지에 내 이름을 얹어주는 일로 대단한 걸 베푼다고 생각하는 모양이죠? 자, 내가 뭘 해주면 그 비싼 무중력 공동묘지에 이름 올린 값을 할 수 있죠? 하하."

나는 웃음이 났다. 이들이 하는 생각이란 항상 이런 식이었다. 손해 보지 않는 거래. 아니 스스로 자비라고 믿는 탐욕. 그

탐욕을 대변하고 있던 찰스의 미간에 여럿 주름이 잡히고 있었다.

"지구가 종말을 맞는다고 해서 모두 같이 죽어야 한다고 생각하오? 그중 몇이라도 살아남아 저 검은 허공에 희망의 씨앗 하나라도 뿌려놓는 것이 더 인류를 위하는 일 아닌가? 자, 그럼 닥터 김은 어떻게 생각하지요? 이 상황에서 우리가 뭘 할 수 있습니까?"

찰스의 목소리는 더욱 차분해졌다. 마치 전투에 임하기 전에 바닥으로 몸을 낮추는 야수의 몸짓 같았다. 그의 심장소리가 들리기 시작했다. 나는 주저하지 않았다.

"모든 인류에게 우리가 처한 상황에 대해 알려야 합니다. 자신의 죽음을 직시할 수 있어요. 우리 인간들은."

"이 상황에서 모두에게 이 거대하고 피할 수 없는 죽음을 알리라고? 허허. 그런 일은 저 앞에 낭떠러지가 있다고 해서 지레 겁먹고 미리 자살하는 꼴이 나지 않을까? 지구의 죽음이라면 인간뿐 아니라 어느 누구도 예외는 없소. 이런 사실이 알려지면 순식간에 지구를 뒤엎을 혼란의 도가니가 눈에 보이지 않소? 나는 충분히 상상할 수 있다오. 역사를 들여다봐요. 죽음 앞에서 보여줬던 인간들의 혼란과 야만이 어땠는지를. 또 거기에 빌붙어 득실거렸던 사이비 종교가 무슨 짓을 해왔는지를. 마비된 이성이 어떤 폭력의 아비규환을 만들어냈는지를."

계속 푸른빛으로 깜박이는 찰스의 눈은 그러나 정확하게 나에게 초점을 맺고 있었다.

"당신이 그렇게 확신하는 배후에 어떤 증오가 보이는군요. 당신이 가진 그 증오로 당신의 눈이 흐려져 있습니다. 보세요. 인간은 기본적으로 죽음을 받아들일 줄 아는 존재입니다. 자신의 생명에 대한 집착도 강하지만 자신의 DNA가 속한 전체 종을 위해 희생할 줄 알죠. 그건 본능입니다. 인간은 죽음 앞에서 이성적으로는 실낱같은 희망을 찾으면서 정서적으로 차분하게 죽음을 준비할 줄 아는 존재입니다. 죽음이 닥쳤다면 그것을 알고 준비할 권리가 인간에게는 있습니다. 죽음을 선고받은 환자들의 반응을 보세요. 죽음이 들이닥쳤을 때에도 인간은 단계적으로 반응합니다. 감정적 동요는 크게 요동치지만 결국 차분하게 죽음을 이해하죠. 우리에게는 현실에 이성적으로 대응할 시간이 필요합니다. 그러면 어떤 죽음으로 삶을 완성할지 깨달을 수 있어요. 당신들이 정보를 계속 가리고 있다면 인류는 마지막 권리마저 박탈당하는 겁니다. 누가 당신들에게 그런 자격을 주었죠?"

"대책 없는 희망이군! 당신 말이야. 그러나 지금 이런 논쟁은 시간낭비일 뿐이오. 블랙홀에 대한 정보를 공개하는 일은 나의 소관도 아니고 내 관심사도 아니오. 우리가 해야 할 일은 현 상태를 분석하고 해법을 찾는 것이오. NG-2 프로젝트는 그중 작은 해법이지만 꼭 필요한 것이라고 믿고 있소. 죽음을 맞이하는 자세에 관한 닥터 김의 의견은 참고하도록 하지요."

찰스의 눈에 어두운 그림자가 스쳐 지나갔다.

"다시 한 번 말하지만 인류 전체가 서로 연결되어 있는 하나의 존재라는 동질감을 느낄 수 있는 기회입니다. 처음이자 마지막일 수 있겠군요. 당신은 '폐허 안의 유토피아'라는 말 못 들어봤나요? 거대한 재난과 죽음이 가져온 충격과 슬픔 앞에서 사람들은 작은 기쁨을 찾고 만족을 배우고 새로운 사회적 유대가 생겨납니다. 수많은 재앙 앞에서 사람들은 자발적으로 서로를 돕고 새로운 공동체를 만든다는 사실은 역사가 증명합니다. 당신들 같은 지배자들이 두려워하는 일이 어떤 상황에서건 많은 사람들이 자각하고 뭉치는 일이라는 사실은 잘 알지만 지금, 인류가 죽음 앞에서 삶을 직시할 수 있는 마지막 기회를 당신들 마음대로 강탈하지 마세요. 신이 있다면 이것 또한 신이 주신 겁니다."

"우리는 우리가 할 수 있는 일을 할 뿐이오. 인류의 미래를 위해 작은 예외를 만드는 일이라고 생각하고 있소."

낮은 주파수대의 파장을 몸으로 느끼기 시작하면서 두 가지 놀라운 사실을 겪었다. 하나는 지구의 목소리를 분별하게 된 것이다. 느낄 수 있는 낮은 소리보다 더 낮은 주파수대에 항상 깔려있는 뭔가가 있었다. 무엇인지 확연히 구별할 수 없었지만 모든 소리의 배경이 되는 낮은 떨림 같은 것이었다. 그것의 느낌은 따뜻했다. 그리고 그것이 지구의 목소리라는 사실은 처음으로 우주유영에 나섰을 때 깨달았다.

우주복을 입고 그 거대한 파랑인 지구와 서로 얼굴을 마주했던 첫 대면의 순간이었다. 내 온 시야를 가득 채우고도 심장 박동의 저 근저까지 나와 눈 맞추는 그를 마주하고는 갑자기 존재의 심연을 흔드는 진동을 느끼기 시작했다. 온몸이 사시나무 떨듯 떨기 시작했다. 두려움이라는 말로는 아무 것도 설명할 수 없는 긴, 긴 순간이 스치자 나는 바로 그 낮은 배음이 지구가 보내는 떨림임을 깨달았다. 마주볼 때만 정체를 드러내는 진실처럼 지구는 나에게 속삭였다. 자신의 목소리로.

그리고 돌아섰을 때 온통 암흑이었다. 아무 것도 존재하지 않는 암흑이었다. 암흑이라는 관념 이전의 무허 공간이었다. 외로웠다. 46억 년 전 지구가 이 암흑의 공허에 처음 던져졌을 때 이런 가혹한 외로움을 겪었으리라, 아니 지구가 지금 나에게 노골적으로 말을 걸고 있는 것이었다. 자신과 소통하려면 먼저 이 외로움을 이해해야 한다고 나에게 자신을 투사하고 있었다.

우주를 채우고 있는 모든 전자기파의 바닥에 빅뱅의 잔해인 우주배경복사가 깔려있다는 사실은 하나의 은유였다. 지구도 그렇게 7Hz의 진동수로 자신과 연관된 모든 생명에게 자신의 존재를 알리면서 그들을 보듬고 있는 소리를 가지고 있었다.

되짚어보면 그 따뜻한 울림이 불안한 비명으로 바뀐 것 또한 지구궤도에 블랙홀이 나타난 시점과 정확하게 일치했다. 지상 근무조로 편성된 지 채 한 달이 되지 않았던 밤이었다. 휴가차 제주도로 내려가 인숙과 함께 느긋한 시간을 보내던 어느 밤, 뭔가 달라진 지구의 목소리는 지독한 두통으로 다가왔다. 벌떡, 잠에서 일어나 앉았지만 진정되지 않았다. 비명처럼 전두

엽을 쪼아대는 소리 때문이었다. 비명은 비명이되 날카롭지 않은 비명. 나는 확신했다. 지구의 비명이라는 사실을. 그것은 한겨울 언 강이 쩡쩡 갈라지며 내는 울음과도 비교되지 않았다. 가장 깊은 울음이었다. 그 울음에 내 몸이 깊게 반응하고 있었다.

몸으로 저주파를 느끼기 시작하면서 겪었던 또 하나 충격적인 경험은 죽어가는 이들이 중얼거리는 낮은 목소리가 있다는 사실이었다. 그것은 죽음의 순간 사람의 입으로 하는 말이 아니었다. 더 이상 입을 움직여 소리를 낼 수 없는 정신은 영혼의 목소리를 빌어 말하기 시작한다. 말은 말이지만 익숙했던 육신을 잃고 직접 영혼의 입으로 중얼거리는 소리는 듣는 이의 혼을 쥐어뜯었다. 고통의 저음이었다. 동물들도 마찬가지였다. 죽음의 순간 쏟아지는 저음의 비명들. 이것은 아무리 들어도 익숙해지지도, 외면할 수도 없었다.

그러나 이렇게 지상에서 벗어나 있으면 이런 죽음의 소리에서 어느 정도 해방될 수 있었다. 내가 지구궤도에 오르는 일을 저어하지 않았던 이유 중 하나는 이 죽음의 소리에서 멀찌감치 거리를 둘 수 있었기 때문이었다. 그러나 이곳, 오로지 지구와 마주하는 곳에서 자신의 형태를 바꿔가며 죽음을 알리는 신호를 겪었고 다시 죽음의 진동이 온몸을 흔들었다.

D-2916h

장엄한 음악이 울린다. 텅 빈 공간, 아니 어둠으로 가득 찬 공간을 둔중한 음악만이 메아리친다. 아주 넓은 공간에 나 혼자 버려져 둥둥 떠다니고 있다. 저 멀리 한줄기 푸른빛이 비치는 곳, 빛이 더 이상 나아가지 못하고 머무는 곳이 있다. 바닥이 있다. 거기에 누군가 무릎 꿇고 머리를 조아리고 있다. 익숙한 윤곽이다. 점점 다가온다. 음악이 커진다. 아, 모차르트의 레퀴엠이다. 죽은 자를 위한 음악. 인숙이다. 아닌지도 몰랐다. 하여간 그에게 다가가려 발버둥 친다. 몸은 허공에서 허우적거릴 뿐 전혀 나아가지 못한다. 빛이 점점 멀어진다. 가늘게 떨리던 윤곽도 작아진다. 진혼곡만이 어둠을 가득 채운다. 번쩍 눈을 떴다.

잠깐 나갔다 왔어. 눈이 왔어. 지금은 9월인데, 지구의 변화 때문에 날씨가 이상해지고 있다는 사실은 알지만 낙엽과 함께 떨어지는 눈을 만나는 기분은 아주 색다르네. 세상은 간단하다는 생각이 들어. 눈이 쌓이면 모두 하얗잖아? 한 꺼풀 덮으면 모든 것은 같아지는데 서로 다르다고 싸우고 그러잖아? 모두가 같다는 사실을 알면 그럴 일 없겠지? 세상은 하나야. 그리고 하예.

나는 알아. 눈 덮인 아래, 그 한 꺼풀 아래도 간단한 것으로 이루어져 있겠지? 사는 일도 마찬가지인 것 같아. 한 꺼풀 덮으면 모든 것이 같은 색깔을 가지잖아. 삶을 눈처럼 덮어버리는 것은 아마도 죽음일 거야. 이 복잡한 삶도 죽음으로 덮으면 모두 같은 색깔을 가지잖아. 그래서 죽음은 하얀 색일 거라는 생각이 들어. 이제는 손가락이 잘 움직이지 않아. 아니 사실은 조금씩 제멋대로 움직이고 있어. 어느 순간은 전혀 움직이지 않아. 이상한 모양으로 뒤틀릴 때에는 조금 징그럽고 속상하지만 보통, 내 손가락을 바라보고 있으면 재미있다는 생각도 들어.

어른들이 흔히들 말하잖아. 뜻대로 되는 자식 없다고. 꼭 말 안 듣는 아이를 보는 기분으로 내 손가락을 바라보면 재미도 있어. 아프지는 않아. 아프지는 않지만 안타까워. 죽는 일은 그저 죽는 일이라고 생각하지만, 그런데 왜 내게는 생명을 만들고 돌볼 수 있는 기회가 없었을까? 그게 안타까워. 그렇지만 당신만 돌아오면 모든 걸 잊을 수 있을 것 같아. 당신 몸에서 나는 땀냄새가 그리워. 살아있다는 거잖아. 무엇보다도 몸조심하고 조심해서 땅으로 내려와. 나는 땅에 있어.

편지가 와 있었다. 며칠 사이일지언정 병이 어디까지 진행되었을지 알 수 없기 때문에 혼자 걷는 일도 위험했다. 모두가 위험하지만 인숙의 위험은 나에게 더 각별했다. 무사히 돌아왔으니 다행이라고, 곧 돌아갈 터이니 조심하며 지내고 있으라고 짧은 답장을 보내는 동안도 뭔가 낮은 신음이 들렸다. 잠시 숨을 돌리면서 눈을 붙이는 시간은 이렇게 아프고 혼란스럽고 짧게 지나갔다.

D-2913h

꿈을 꾼 것인지도 몰랐다. 인숙이 죽어가는 꿈, 인간을 포함한 생태계 전체가 죽음 앞에 서 있는 꿈, 꿈이라고 해도 지독한 악몽이었다. 그러나 현실은 어김없이 피부를 조여 왔다. 현실이 피부를 일깨웠을지언정 현실은 현실로의 무게감을 가지지 못했다. 그 현실감이란 말은 지구의 중력권 안에 있을 때에만 힘을 발휘하는 것인지도 몰랐다. 허공에 떠다니며 잠을 자고 정신이 돌아왔을 때 눈앞에서 부유하는 자신의 손을 발견하고 난 후에 현실감을 회복하는 일은 차라리 현실을 다시 만드는 일 같았다. 실내는 어둡고 조용했으며 미지근한 공기는 눈치 채지 못하게 홀을 돌아다니면서 사람들의 체온을 만지고 있었다. 홀 중앙의 블랙홀은 여전히 주변의 가스를 삼키며 소리 없이 회전하고 있었고 나를 제외한 모든 이들은 계속 허공을 바라보면서 뭔가를 받아보고 또 뭔가를 전송했다. 저렇게 공허하게 떠다니는 조각들이 인류의 미래를 결정하고 있다는 사실은 더욱 현실감이 없었다. 그때 내 입이 스스로 움직이기 시작했다. 낮지만 단호한 목소리는 찰스를 향했다.

"지구는 지금 스스로 궤도를 틀어 살아보려고 몸부림 치고 있는 것입니다. 지구 스스로 내린 결정이지요."

다섯 명이 가진 열 개의 시선이 동시에 나를 향했다. 나를 등지고 있던 찬드라는 몸을 붙이고 있던 시트를 회전시켜 나를 바라보았다. 무중력 상태에서 급작스러운 회전이야말로 가장 통제하기 어려운 움직임이었다. 고정된 방향을 잡는데 몇 번의 되먹임이 필요했다. 그런 그의 얼굴은 의아하기도 하고 우습기도 하다는 표정을 짓고 있었다.

"뭐라고요? 잠꼬대는 자는 동안 하는 건데, 아직 잠자는 중이죠?"

찰스 대신 찬드라의 질문이 돌아왔다. 그의 아래 눈꺼풀에 잘게 경련이 일었다.

"알 수 없는 이유로 지구 궤도에 블랙홀이 생겼고 빛의 속도로 중력파가 지구에게 다가오는 죽음의 소식을 알렸을 때 지구는 변화하기 시작했습니다. 이 두 사건이 우연의 일치라고 생각하는 일이 오히려 부자연스럽지 않습니까? 자기축의 급속한 변화로 지구의 공전궤도에 어떤 변화가 일었는지 확인해보죠. 그것이 우리가 할 수 있는 가장 시급한 일인 것 같습니다."

"공전궤도는 오로지 지구와 태양의 상호작용으로 결정되는 걸로 저는 배웠는데요? 태양의 질량이 만드는 공간의 경사를 따라 일정한 궤도로 미끄러지고 있는 거죠. 내가 잘못 배웠나요? 간단한 뉴턴 역학인데. 지구 자기축 변화가 공전궤도에 무슨 영향을 끼칠까?"

찬드라의 비아냥거림이 끼어들었다. 조금 전의 호기심 어린 표정은 사라지고 다시 냉소로 굳은 표정이었다.

"아하, 기껏 살려주고 노아의 방주에 오를 티켓까지 제안 받은 테러리스트의 의견인즉, 지구 스스로 궤도를 수정해 블랙홀의 영향권에서 벗어나려고 하고 있다, 뭐 이런 건가요? 흐흠, 참 유아적이다 못해 아니아니, 아름다운 문학적 환유로 들리는 군요. 아니면 케케묵은 가이아 이론을 숭배하는 종교적인 신념이던가. 아, 물론 계산이야 할 수 있지요. 우리가 가진 연산 자원이야말로 항상 인류 최고의 것이니까. 히히"

찬드라는 아예 내게서 시선을 거둬갔다. 다른 이들을 납득시킬 수 있는 논리는 지금 내게 없었다. 다만 몸으로 느껴지는 진동으로 판단할 뿐이었다.

"당신과 논쟁하고 싶은 마음은 전혀 없습니다. 일단 눈에 띌 만한 지구궤도의 변화를 체크하는 일이 중요합니다. 금방 가능하죠?"

찬드라는 이 연산을 지시할 마음이 전혀 없다는 표정을 감추지 않았다.

"이것 보세요. 태양계의 질량중심이 바뀌었고 태양과 블랙홀이 상대적인 회전을 시작했어요. 이제 태양계의 중심은 태양이 아니라 블랙홀과 태양이 마주보고 회전하는 쌍성계의 중심 어디로 바뀌었어요. 이 급작스러운 변화로 모든 행성 궤도 또한 요동치고 있는 겁니다. 혹시 변화가 있더라도 새롭게 설정된 태양계의 질량중심과 그에 따라 달라진 공간의 곡률에 따라 변화된 운동을 하고 있는 것뿐입니다. 이런 역학적 변화의 결과라고 봐야죠. 지구를 포식자로부터 알아서 도망가는 생명체로 오해해서 해결될 일이 아니지요."

"당신은 어떤 것을 생명체라고 부릅니까? 생명체라고 인정할 수 있는 한계선에 대해 생각해본 적 있나요? 찬드라!"

내 반응은 반사적으로 튀어나왔고 마치 스위치를 누르면 재생되는 음악처럼 이어졌다.

"우주도 그렇지만 지구가 여러 개체들인 모인 단순한 합이라고 생각할 때 당신과 같은 생각을 하게 되죠. 지구라는 생태계는 합 그 이상이에요. 생명과 무생물이 유기적으로 연결된 하나의 복잡한 시스템이죠. 생명이 보이는 대표적인 특징인 항상성을 예로 들어봅시다. 모두 알다시피 지구는 일정한 온도를 유지하고 있습니다. 대기와 해양의 활발한 움직임이 주된 역할을 하고 있지만 여기에 생태계도 큰 역할을 하고 있어요. 지구가 만들어지고 40억년 동안 태양의 온도는 25% 높아졌습니다. 그러나 지구는 지금까지 우리 생명이 살 수 있는 온도를 유지하고 있어요. 환경이 만들어지고 그 안에서 운 좋게 생명이 탄생한 것이 아닙니다. 지구는 생명과 환경이 서로 교섭하면서 더 큰 뭔가가 이루어지고 있는 겁니다. 지구는 스스로를 지속적으로 조직해나가고 있어요. 생명활동을 통해 바다와 대기의 화학적 구성성분도 계속 바뀌고 있고요. 그러니까 지구는 창조적으로 움직이는 생명 공동체라고 부르는 것이 맞습니다. 이제 무엇을 생명이라 불러야하는지 다시 한 번 생각해봐야하지 않을까요?"

찰스는 이 불필요한 논쟁에 불쾌함을 감추지 않으며 이야기의 줄기를 다시 돌려놓았다.

"그 연산은 그렇게 간단하지 않소. 물론 우리도 항상 궤도를 주시하고 있소. 그러나 생각처럼 간단한 일이 아니오. 뉴턴 역학으로 충분히 계산 가능하다고 생각하겠지만 태양의 질량과 그 질량으로 결정되는 시공간의 곡률, 그리고 새롭게 등장한 블랙홀의 질량, 이 둘의 섭동, 그리고 요동치는 중력파의 간섭 등, 수많은 변수들이 복잡계의 성격을 띠기 때문에 근사치로밖에 잡을 수 없어요."

찰스의 답이 끝나기를 기다리지 못하고 내가 말을 잘랐다.

"그럼 그 근사치라도 비교해봐야 합니다. 역학적 변화에 따른 지구공전궤도의 예상 변화와 현재 지구가 움직이는 궤도 사이에 의미가 있을만한 차이가 있다면 새로운 해석이 필요한 상황이라고 보지 않습니까? 그 차이를 알아보는 것이 현재로써 가장 중요한 문제입니다."

"그래서요? 궤도 차이가 우리에게 말해주는 것이 뭐라고 생각하오? 혹 그렇다면 우린 뭘 해야하지?"

"내가 예상한, 아니 내가 느끼고 있는 결과가 나온다면 우리가 할 일은 딱 하나입니다. 인간이 지구에 가하고 있는 모든 행동을 즉각 중단하고 기다리는 겁니다. 대지와 바다의 영혼에 맡기는 거죠."

찬드라의 목소리는 한 옥타브 이상 올라간, 거의 분노에 찬 톤으로 내 말에 반박했다.

"컴퓨터의 계산이라는 것이 빠르고 정확한 것이기는 하지만 기본적으로 계산일뿐입니다. 모든 계산에 있어서 초기조건을 결정하는 것은 인간이고 인간의 관측이 잘못된 초기조건을 주었다면 계산은 그저 무의미한 반복일 따름이란 말입니다. 모든 것이 오차로밖에 설명될 수 없는 상황에서 계산 불가능한 영역의 작은 차이에 의미를 부여하는 일은, 그러니까 바람에 흔들리는 나뭇잎을 보고 나뭇잎이 자유의지를 가지고 흔들린다고 스스로를 속이는 일과 같지 않을까? 이봐요. 김중호 씨! 이성이라는 것을 가지기는 한 건가?"

찬드라와 찰스에게 지구가 전하는 이 느낌을 설명할 수는 없었다. 믿지도 않으려니와 애초에 설명이 불가능한 것들 중 하나였다. 세상의 바닥은 그런 것들로 가득 차 있었다. 찬드라는 내친 김에 남은 감정을 다 쏟아내고 있었다.

"김중호 씨! 당신 말은 지구가 의식을 가지고 스스로 죽음을 피하기 위해 몸부림치고 있다, 뭐 이런 요지인데, 이건 마치 초과학적 애니미즘으로 볼 수 있는데요? 새로운 학설이 드디어 탄생하는군. 그 배경은 죽음이 코앞에 닥친 태양계의 지구궤도이고 그럼 지구신을 믿는 처연한 인간들이 주인공인가? 재미있는데. 몸부림치는 지구신을 믿으며 행복하게 죽어가는 광신도들! 아휴, 아쉬워라. 무대에 올려야하는데. 딱하나 없는 것이 시간이네. 이 재미있는 연극을 저기 지표면에서 죽어가는 많은 사람들이 볼 수 없다는 사실! 이것이 유일한 비극이군."

찬드라는 연극배우의 과장된 말투와 몸짓을 흉내 냄으로 자신의 비아냥을 최대한 표현하려 애쓰고 있었다. 그러나 그 또한 절망에 몸부림치는 비뚤어진 영혼 이상도 이하도 아니었다.

"지구 궤도의 변화를 해석하는데 있어서도 설명할 수 없는 부분이 있지 않습니까? 그렇죠? 그건 인정하죠? 그렇다면 그것이 지구이던 아니던 복잡계가 보이는 행동 결과물들, 예측할 수 없는 복잡한 패턴으로 드러나는 반응과 과정을 우리는 의식이라고 부르기도 합니다. 인간이 그렇죠! 좋습니다. 그것을 의식이라고 정의하던 그렇지 않던 우리는 간단한 해법을 가지고 있습니다. 모든 정보를 이용해 행동 패턴을 찾아보는 겁니다. 간단하죠. 계산해보면 알 수 있어요."

"바보 같은 소리!"

욕지거리처럼 찬드라가 뱉은 한마디 뒤에 나도 덧붙였다.

"기계 같은 사람!"

찰스는 단호하게 둘 모두를 제지했다.

"모두 그만하세요. 충분합니다. 그리고 계산해봅시다. 닥터 김이 제안한 이론 말입니다. 계산해보는 일, 크게 손해 볼 일 아닙니다. 가능한 모든 연산 자원을 네트워킹해서 빨리 끝냅시다. 그리고 다시 이야기하죠. 닥터 김! 그렇다고 당신의 허무맹랑한 이론을 지지하는 것은 아닙니다. 약간의 시간을 투자해 여러 가능성을 탐지하는 방편입니다."

흥분해서 이의를 제기하려하는 찬드라의 입을 찰스는 다시 틀어막았다.

"가능한 모든 조건을 넣고 궤도의 변화를 계산하는데 시간이 얼마나 걸릴까요? 닥터 찬드라!"

"한 시간 정도입니다. 우리에게 남은 시간의 2913분의 1을 기꺼이 버리는 일이지요."

찬드라는 휙 방향을 틀었다.

"빨리 시작합니다."

찰스의 낮은 목소리 다음에는 다시 무거운 정적이 기다리고 있었다.

D-2912h

완벽한 정적이 점령한 곳에서 꿈틀꿈틀 살아나는 것은 시간이었다. 어두운 허공에 부유하면서 천천히 회전하는 사람들, 그리고 그저 무엇인가 기다리는 동안, 고여 있던 시간은 손가락 사이를 간질이며 흘렀고 그렇게 존재를 압도했다. 시간이 실존으로, 감각으로 모습을 드러내면 인간은 아무것도 할 수 없었다. 공간이 사라지기 때문이었다. 시간과 공간은 원래 한 몸이었기에 시간이 압도하면 공간은 사라졌다. 지구를 벗어나 완벽한 어둠과 정적을 접할 때 시공간 중 하나의 요소와 직면하는 경우는 심심치 않게 만날 수 있었다. 찬드라의 목소리에 일순간 시공간은 원래대로 회복되었다. 마치 다시 TV를 켠 한밤처럼.

"결과가 나왔습니다. 찰스! 그리고 닥터 김."

그의 목소리는 더욱 뒤틀려 있었다.

"역시 우리의 연산능력은 가공할만 합니다. 자기축의 변화로 이루어지는 지구 자기장의 변화와 그 변화로 인해 태양풍과 지구 자기장이 상호작용해 만드는 요동을 예측하고, 뭐 또, 맨틀과 외핵의 회전 변화로 인해 지구 자전에 끼칠 물리적인 변화, 태양계 질량 중심의 변화로 새롭게 형성된 중력장의 경사면에서 지구가 가진 운동량과 자기 저항 등을 고려할 때, 음,"

"됐소! 빨리 결론을 말하세요."

찬드라의 의도적인 장광설에는 승리의 쾌감 같은 것이 배어 있었다. 찰스도 그것이 듣기 싫은 눈치였다.

"우선 먼저 닥터 김에게 사과해야겠는 걸요? 지구에서 나타나는 현상으로 인해 지구 궤도에 의미 있는 변화를 예측했습니다. 우리 양자 컴퓨터가 말이에요. 축하드립니다. 닥터 김."

"그래서요? 어떤 변화이지요?"

뭔가 불길한 예감이 들었지만 인내심이 더 약한 사람은 찰스였다.

"그런데 그게 말이지요!"

찬드라가 입꼬리를 감아올리면서 흘리던 묘한 웃음을 놓칠 수는 없었다.

D-2908h

"지구가 보이는 온갖 생물적 반응들! 뭐, 닥터 김의 주장을 인용해서 하는 말입니다. 우리의 계산 결과가 말하길 그 온갖 징조들이 만드는 궤도의 변화는 블랙홀 사건의 지평선을 향하도록 몸을 틀고 있다고 하네요. 그러니까 이해가 어려우신 다른 분들을 위해서 말하자면 지구가 애써 몸을 틀어 블랙홀로 더 다가가려하고 있다는 말이죠. 우리 언어에는 이걸 뜻하는 정확한 단어가 있어요. 자살! 지구가 자살의 길로 들어서고 있다는군요. 닥터 김의 주장대로 지구가 살아있다면 말이죠. 이 사실도 새로운 해석이 필요하겠죠?"

지구로 향하는 셔틀 안에서도 찬드라의 시니컬한 목소리는 계속 머릿속에서 메아리 치고 있었다. 인숙에게 돌아가는 길이었지만 두 개의 죽음을 만나러 가는 길이기도 했다. 커다란 지구의 죽음과 한 인간 개체가 맞이하고 있는 죽음. 그러나 가만히 생각해보면 이 둘 모두 나의 것이기도 하고 또 내 것이 아니기도 했다.

그들이 제안한 노아의 방주, NG-2에 올라타는 일에 대해서는 일절 언급하지 않았다. 황당한 제안이었고 의미 없는 생의 연장일 뿐이었다. 그저 조용히 인숙의 곁으로 돌아가겠다고 말했을 때 찰스도 침묵했다. 다만 자신과 계속 연락을 취하면서 새로운 상황이 발생했을 때 내 의견을 보내달라는 어렵지 않은 일을 조건으로 달았다. 그들은 최신 정보를 줄 것이고 나는 느끼는 대로 얘기해 주면 끝이었다. 아직 연락을 취해보지는 못했지만 RGP에서 알더라도 문제가 발생할 여지는 없었다. 다만 내가 살아있다는 사실을 알고 RGP에서 연락을 취해왔을 때 블랙홀과 관련된 사실을 알려야할지 그것이 고민이었다.

손에 잡힐 듯 얼굴을 마주하고 있는 지구의 표면으로 돌아가
는 일은 그리 쉬운 일은 아니었다. 우주엘리베이터 곳곳에 설
치된 궤도별 중간 포트에 도킹해 대기하다가 승객용 칸이 도
착할 시간을 맞추어야했고, 지상으로 내려가서도 키토에서 서
울로 지구 반 바퀴를 이동해야하는 긴 시간을 필요로 하는 여
행이었다. 그러나 찰스는 그들의 셔틀로 ISS-5(저궤도에서 운
용되는 5번째 국제우주정거장)까지 바로 이동할 수 있는 편의
까지 제공하였다. 그곳에서는 수시로 착륙선을 지구로 보내고
있었기 때문에 많은 시간을 줄일 수 있었다.

찬드라의 말을 쉽게 믿을 수 없었지만 그가 거짓말을 할 이
유도 없었다. 그것보다 힘든 것은 어떤 논리로 접근하더라도
이유를 설명할 길이 없었다는 사실이었다. 왼쪽 가슴 아래는
지구의 낮은 비명에 반응해 계속 시려왔지만 그것이 스스로 목
숨을 끊으려는 거대한 생명의 탄식이라고 생각하자 몸 여기저
기 촘촘히 박혀있던 희망들이 접지된 전기처럼 바닥으로 흘러
내려 사라지는 일을 막을 수 없었다. 지금 지구가 처한 상황을
인류 전체에게 공개해야한다는 주장을 찰스가 다시 한 번 거절
했을 때에도 나에게 더 이상 할 말도 의지도 남아있지 않았다.

셔틀은 본격적으로 대기권에 진입하고 있다고 기체의 흔들
림이 대신 말하고 있었다. 위아래로 진동이 시간에 따라 커져
가고 있었으며 그 사이로 좌우로 잡아채는 듯한 충격이 끼어
들었다. 셔틀이 가진 반진동 시스템이 작동하고 있었지만 생
의 불안과도 같은 이 흔들림을 모두 제거할 도리는 없었다. 손

바닥만한 창밖으로 붉게 빛을 내기 시작한 날개의 끝이 마치 불타는 낙엽처럼 흔들리고 있는 것이 보였다. 우주정거장에서 바라보면 하루에 100여 차례씩 지구의 대기권으로 재진입하는 셔틀들을 불타는 직선으로 확인할 수 있지만 30여 전만해도 지구의 품안으로 다시 돌아가는 길은 항상 목숨을 거는 위험한 과정이었다. 지구가 자신을 떠났던 자식들을 다시 받아들이는 일이 쉽지 않아서였을까? 흔들림은 더욱 거세지고 있었고 암흑의 검은 색을 담고 있던 창은 점점 파랑으로 몸을 바꾸다가 기체와 대기의 마찰로 발생하는 붉은 빛으로 변해가고 있었다. 그 빛은 정확하게 9월의 노을빛이었다.

그렇게 2분여의 시간이 지나자 잦아들던 진동은 순식간에 사라졌다. 그리고 몸을 뒤로 살짝 밀치는 힘이 느껴지면서 부드럽고 빠르게 앞으로 미끄러져 나아갔다. 셔틀이 활강을 시작한 것이다. 다음 순간 오른쪽으로 몸을 잡아당기는 힘이 느껴졌다. 그 순간부터 본격적으로 지구의 손길이 느껴지기 시작했다. 생명의 무게를 느끼게 해주는 중력, 그 지구의 힘이 다시 내 몸을 옭아 쥐고 있었다. 상체의 피가 다리로 몰리면서 닥치는 현기증과 함께 눈앞이 하얗게 변하면서 발바닥은 빈틈없이 셔틀의 바닥에 밀착했다. 살짝 정신이 돌아오자 기체는 시계 반대방향으로 크게 원을 그리고 있었다. 어두운 암갈색으로 끝없이 펼쳐진 중국 대륙이 반대편 창을 가득 채웠다.

찰스와의 접촉을 위해 우주정거장에서 지급받은 통신포트는 인숙의 편지가 도착해 있음을 알렸다. 연필만한 크기로 돌돌 말려있던 통신포트는 자동으로 펼쳐졌다. 인숙의 편지가 열리는 짧은 순간 동안 검은 화면에는 푹 꺼진 어둠의 눈을 가진 한 남자의 얼굴이 나타났다. 먹먹한 통신포트를 스친 그의 얼굴 위아래로 깊게 패인 주름들에는 그를 덮친 무기력과 절망이 그림자로 박혀있었다. 검은 눈물을 흘리며 떠도는 오이디푸스를 만났다면 바로 지금 이 얼굴일 것이다. 낯익은 인숙의 글씨들이 밝은 색의 바탕 위에 디스플레이 되자 그 얼굴은 천천히 사라졌다.

중호 씨.

오늘은 아침 일찍 산책을 했어. 하늘은 도대체 무슨 일이 있었냐는 듯 맑고 높아. 지금까지 땅을 흔들었던 수많은 재앙들을 자신은 모른다고 딴청부리는 것 같아. 이제 길에서 사람을 만나는 일이 지진보다 무서워. 언제 쓰러질지 전혀 알려주지 않는 내 몸이 무섭고 또 가끔 제멋대로 움직이는 손과 발이 무섭기도 하지만 길에서 만나는 사람들의 눈빛이 무서워서이기도 해.

사람들마다 모두 다른 풍경을 눈에 담고 있지만 그 풍경의 배경 색은 모두 똑같아. 공포야. 죽음에 대한 공포가 진하게 칠해져 있어. 어떤 이의 눈은 그 공포 때문에 심하게 흔들려 사물을 똑바로 바라보지 못해. 당연히 사람도 알아보지 못하고. 또 어떤 사람은 아무것도 보지 못해. 눈을 뜨고 있지만 오로지 걷기 위해 뜨고 있을 뿐, 바깥 풍경에서 어떤 정보도 받아들이지 않는 것 같아. 오로지 자기 안의 공포만을 바라보고 있어. 걸음걸이는 마치 살아있는 시체 같아. 어떤 사람들은 죽음이 다가온다는 공포 때문에 먼저 자신을 죽이고 있는 것 같아.

내 몸은 비록 스스로를 죽이고 있지만 나는 내 몸을 사랑해. 아직 새벽 공기의 알싸한 냄새를 맡을 수 있고 내 피부를 만나 작은 물방울로 몸을 바꾸는 수증기도 느낄 수 있어. 이런 게 어떤 차이인지 생각해봤어.

아마도 나는 죽음과 화해했나봐. 문득 죽음이 찾아온다고 해도 이제 똑바로 쳐다볼 수 있을 것 같아. 바라보면 무섭지 않아. 그에게 말을 걸어보고 싶어. 그러면 분명 뭔가 대답해줄 것 같아. 죽음이 대답해준다면 모두가 진실이겠지? 삶과는 다르게 거짓말할 이유가 없으니까. 지금은 죽음이 저기 앞에 펼쳐진 호수 같아. 다가가 발 담글 수 있는.

그러나 아쉽기는 해. 당신과 좀 더 많은 시간을 보내지 못한 것. 좀 더 많은 길을 걸어보지 못한 일. 좀 더 많은 햇살을 입어보지 못한 일. 그래서 자꾸 밖에 나오고 싶어.

철길 아래로 흐르는 길을 걸었어. 그리고 돌아봤어. 역을 출발한지 얼마 되지 않아 기차는 천천히 속도를 올리는 중이었어. 어릴 때 보았던 덜컹거리는 바퀴 기차를 보고 싶었지만 레일 위를 부드럽게 미끄러지는 부상열차도 기차는 기차였어. 그 안에는 사람들이 타고 있고 그들은 창밖을 바라봐야 하니까. 저 사람들 중 누구는 혼자 걷는 나를 보았을 거야. 나도 멍한 눈으로 창밖을 보는 사람을 보았으니까. 그리고 생각했지.

저 사람은 어떤 시간을 가지고 있을까? 저 사람도 창밖의 길 위에 서있는 나를 보고 내 시간을 상상해 보았을 거야. 그러면 내 시간은 그의 것이 되고 그의 것은 내 시간이 되는 것 같아. 나는 부자가 된 거 같아. 그의 시간까지 가지고 있으니까. 당신도 부자야. 내 시간을 가지고 있으니까.

어서 와. 가난해질 시간이야. 상상하지 말고 서로의 시간을 포개놓게.

D-2900h

셔틀은 전용 포트가 있는 중국의 광저우에 착륙했다. 수직으로 내려앉은 셔틀은 별다른 절차 없이 나를 뱉어냈다. 몸은 땅으로 꺼질듯했다. 수많은 우주비행을 했고 그만큼 지구로 돌아오는 일을 반복했지만 몇 개월 만에 만나는 중력에 적응하는 일은 그때마다 새로운 고통으로 다가왔다. 다리는 붓기 시작해 체형 유지용 부츠를 꽉 찬 풍선처럼 채우기 시작했다. 비행기에서 내려 자동으로 운행하는 휠체어로 이동하는 몇 발자국이 매번 늪에서 발을 빼는 기분이었다.

그리 크지 않은 승객대기실은 목소리를 죽인 뉴스만이 떠돌고 있었다. 지구궤도로 올라가는 셔틀을 이용하기 위해 기다리는 사람 몇이 살짝 흥분된 표정으로 애써 뉴스를 외면하고 있었다. 휴대기기로 한국어를 선택하자 뉴스는 동시다발적으로 짧은 시간 동안 중국 전체의 분위기를 떠벌였다.

바다와 접하고 있는 상하이는 그중 제일 피해가 컸다. 지진과 해일이 동시에 덮치면서 상하이가 자랑하는 마천루의 절반이 거대한 봉분으로 변해있었다. 반면 내륙의 충칭에서는 29회 월드컵이 열리고 있었다. 주최 측은 선수들에게서 금지약물과 함께 인공근육이나 폐활량 증강기와 같이 체내에 이식하는 운동능력 증강기기들을 찾아내느라 고역을 치르고 있다는 말을 혼잣말처럼 중얼거리고 있었다.

3개월 만에 내려온 지상의 분위기는 극단적으로 나뉘어있었다. 인류의 멸망을 예측하는 비관적인 무리와 이제 대규모의 재난은 끝나간다는 희망적인 전망이 서로를 잡아먹을 듯 싸우고 있었다. 인류의 오래된 습성 중에 하나인 종말론이 득세하면서 들불처럼 번져나갔고 또 그 과정에서 많은 부를 축적하고 있었다. 그러나 정작 그들 자신은 종말을 믿고 있지 않았다. 모니터 위에서 여러 개의 0으로 꼬리를 단 숫자로만 존재하는 자본은 모든 것이 사라진다고 생각하는 사람에게 당장 물 한 컵의 가치도 가지지 못하기 때문이다. 아이러니였다. 이유를 설명할 수 없는 진짜 마지막이 인류의 코앞에 닥쳤는데 한쪽은 대책 없는 희망을 양식으로 하고 있고 또 한쪽은 가짜 종말로 의미 없는 장사를 하고 있었다. 재앙의 상황을 희망적으로 말하는 측도 순수하지만은 않았다. 그저 진실을 은폐하고 대중을 안심시키려는 정치적인 냄새가 진동했기 때문이다.

최대한 압력이 느껴지지 않는 첨단 소재를 사용한 자동 휠체

어이지만 아직 중력에 적응하지 못한 천근만근의 몸을 조금도 위로하지 못했다. 세포 하나하나마다 무거운 추를 달고 있는 기분이었다. 그러나 정말 나를 짓누르는 것은 저기 앞에서 나를 바라보고 있는 인류의 마지막이었다.

나는 알고 있다. 누구에게도 설명할 수 없지만 진짜 마지막이 눈앞에 실재하고 있다는 사실을. 아마도 진짜 비극은 누구에게도 비극을 설명할 수 없는 일이라는 생각이 들었다. 거대한 비극이지만 누구도 납득시킬 수 없을 때, 슬픔을 혼자 져야 하는 외로움까지 감당해야했다. 반면 신만이 가질 수 있는 고독의 냄새를 같이 나누고 있다는 묘한 우월감이 까닥까닥 머리를 들고 있었다. 그러나 죽음은 모두 죽음. 느닷없는 죽음과 미리 예약한 손님을 맞듯 정해진 시간에 찾아오는 죽음은 무엇이 다를까? 상념은 끊이지 않았다.

중력을 부담스러워하면서 우주정거장을 고집하고 있는 찰스의 말이 새삼 떠올랐지만 한편으로는 오랜만에 덮어보는 무거운 겨울이불이 떠올랐다. 모든 생명의 근원인 대지 아니던가. 중력은 대지가 덮어주는 이불 같은 것이었다. 서울로 향하는 비행기는 내가 오른 이상 조금도 지체할 이유가 없었다.

D-2890h

해저 지진 때문에 발생한 쓰나미로 많은 피해를 입은 남동해

안에 비하면 서울은 비교적 제 모습을 유지하고 있었다. 중국과 크게 다르지 않은 피해양상이었다. 같은 규모의 재난이 도시에 닥쳤을 경우, 인명 피해는 기하급수적으로 늘어난다는 사실은 분명하게 인간이 만든 구조 때문이었다. 그러나 서울의 모습을 비추면서 우리나라는 불행 중 다행이라며 사람들은 안심시키려는 뉴스는 상대적으로 피해지역의 사람들에게 분노를 부르고 있었다. 상황은 예전처럼 어느 지역에 재난이 일어났다고 해서 그 지역으로 장비와 인력을 집중해 복구를 도울 수 있는 처지가 아니었다. 언제 어디서 또 다른 재난이 일어날지 모르기 때문에 모든 지자체는 제 앞가림을 하기도 벅찼다. 따라서 피해를 입은 사람들에게 복구는 엄두를 낼 수 있는 일이 아니었다. 그들은 그저 자신의 터전을 버리고 안전한 곳으로 옮기는 일밖에는 할 수 있는 일이 없었다.

　미국의 주(state) 개념과 비슷하게 각 시도의 독립성을 유지하면서 단계적으로 추진하던 한반도의 통일은 막바지에 와있는 상황이었다. 그러나 엄청난 재난 앞에서 북한 지역의 주민들이 느끼는 박탈감은 더욱 컸다. 당장 기본적인 의식주를 해결하기 어려운 상황은 중앙으로부터 어떤 지원도 받지 못하고 있기 때문만은 아니었다. 북한의 많은 지역이 개발을 위해 파헤쳐지고 있었고 그로 인해 자생적 식량생산기반이 더욱 열악해진 때문이었다. 결국 외부의 지원이 절실했지만 이마저도 원활치 못해 통일에 대한 회의론이 들끓고 있었고 곳곳에서는 준 폭동상황이 벌어지고 있었다. 재난은 모든 갈등요소들을 들끓게 하는 촉매의 역할을 하고 있었다.

그러나 누구도, 어떤 단체도 다가오는 죽음의 상황과 의미를 제대로 이해하지 못하고 있었다. 지구 생태계 전체로 보면 작은 죽음들은 종의 지속을 위한 깜박임에 불과했다. 낱개 생명이 반짝 빛을 발하고 사라지는 과정 자체가 환경의 변화에 더 유연하게 적응할 수 있는 다른 개체를 만드는 과정이었다. 그러니까 생태계에 속한 작은 죽음들이 가지는 의미는 새로운 환경에 더욱 최적화된 개체를 만들어나가기 위한 하나의 마디 같은 것이다. 낱개의 죽음은 종 자체의 번성을 위해 작동하는 유전자의 순환주기였다.

우주가 진화하는 중에서 죽음은 새로운 탄생을 위한 과정이었다. 격렬하게 폭발하는 별은 보이지 않는 무덤과 함께 주위를 먼지 구름으로 덮어버리지만 이 먼지들은 다시 뭉쳐 새로운 별로 탄생하면서 새로운 시공간을 만든다. 이런 폭력적인 죽음의 과정은 그러나 더욱 심각한 멸망을 초래하지는 않는다. 오히려 생명을 다양하고 풍성하게 만드는 창조적인 방향으로 설정되어 있었고 전체적인 시스템에서 죽음으로 대변되는 파괴는 더 복잡한 구조를 이끌어내는 필수적인 과정이었다.

그러나 지금의 상황은 그와 정반대의 방향을 가지고 있었다. 생태계 자체를 무화시키는 거대한 죽음만이 눈앞에 버티고 있었다. 이 죽음은 작은 죽음들의 합도 아니거니와 더 큰 죽음에 봉사하는 창조적인 무엇도 아니었다. 그저 이성으로 추적할 수 없는 거대한 어둠이었다.

지금은 찾아보기 힘든 한국어로 쓰인 시, 몇 달 전에 읽었던 한 시인의 시 한 구절이 떠올랐다.

"······돌아오지 말라고 내 두발 가지런히 묶던 냉기 사이로/ 하나씩 하나씩 신경을 잘라내며 다가오는/ 저 맨발의 굽소리가 나를 겨눈 것이라면/ 죽음은 옳은 쪽에서 온다"

옛 어느 부족은 죽은 자의 발을 묶어 장사지냈다고 한다. 다시 돌아오지 말라는 뜻이다. 그렇게 죽은 자는 어느 쪽으로 간다는 말인가? 그러면 죽음은 어느 쪽에서 오는가?

오로지 먼 항성을 좌표의 기준으로 삼을 수밖에 없는 거대한 암흑의 우주에서 인간이 일상에서 사용하는 방향은 아무 의미가 없다. 장구한 시공간 안에서는 지구가 있는 방향도 태양이 빛나는 방향도 절대적 기준이 될 수 없기 때문이다. 오른쪽, 왼쪽, 동서남북과 같은 것들은 인간이 모여 있는 좁은 공간 안에서만 통하는 소소한 농담 같은 것이다. 그러나 시인은 죽음이 오른쪽에서 온다고 했다. 그리고 죽음의 방향은 옳은 쪽으로 변한다. 죽음이 오는 쪽을 돌아보면 그곳이 옳은 쪽이라는 말인가? 단지 거부할 수 없는 유일한 운명이라는 사실 자체만으로도 옳다는 말인가?

SDU 직원들을 위해 지어진 아파트를 거절하고 결혼과 함께 선택한 곳은 연천에 있는 시골마을이었다. 할머니가 살던 오래된 농가주택을 인숙이 좋아하기도 했지만 바로 집을 끼고 흐르는 맑은 냇물을 놓치기 아까웠다. 공기는 아직 신선했다. 모든 고향의 공기가 그런 건지도 몰랐다. 기차역을 빠져나오자 멀리 빨간 지붕의 작은 집이 성큼 다가왔다. 집으로 가는 흙길에는 가을바람과 장난질하는 코스모스가 낭창낭창 몸을 흔들고 있었다. 죽음이 아닌 저 아무것도 모르는 천진함이야말로 정말 옳은 것이 아닐까 생각했지만 냉큼 머리를 털어냈다. 집이 저기 있었다.

D-2889h

인숙 대신 마른 풀냄새와 무거운 가을볕이 집안을 가득 채우고 있었다. 가방과 내 몸, 둘 다 어디에 던졌는지 기억에 없다. 머리칼에 쌓인 가을빛을 털어내려는 듯 억새는 흔들렸다. 남으로 난 큰 창에 담긴 풍경에는 억새도, 대추나무 잎도, 콩잎도, 이삭 팬 벼도 흔들리고 있었지만 대지는 움직이지 않았다. 가을 햇살도 기울어진 채 꼼짝하지 않았다. 레퀴엠의 선율만 머릿속을 울린다.

D-2887h

잠을 깨운 건 팔에서 흔들리고 있는 털들이었다. 내 팔을 베고 돌아누워 잠든 인숙의 머리가 보였다. 몽땅하게 동여맨 짧은 뒷머리와 솜털 보송한 귓불. 인숙이 뱉는 규칙적인 날숨은 소리 없이 내 팔에 난 털들을 쓰다듬고 있었다. 머리에서 마른 꽃냄새가 났다. 왼팔로 인숙의 배를 감아 지긋하게 잡아당겼다. 창밖은 아직도 흔들리고 있었지만 가을빛은 간 곳이 없었다. 다시 눈을 감았다.

2.

이야기의 중간에 어쭙잖게 끼어드는 화자가 얼마나 어리석게 보이는지 정도는 나도 알고 있다. 그러나 이 글을 쓰고 있는 나와 혹 있을지 모를 읽는 이 모두에게 다시 일깨워야할 사실의 무게는 차라리 어리석음의 길을 택하게 했다.

내 컴퓨터에서 발견한 파일과 여기서 말하고 있는 내용은 모두 사실이고 이 사실을 전달하기 위해 내가 할 수 있는 유일한 방법은 소설의 형식으로 이야기하는 것이었다. 당연하게도 이야기를 끌어가기 위해서 몇몇 허구의 상황이 등장한다. 그러나 이것이 전체적인 사실의 틀을 깨는 수준의 가공은 전혀 아님을 밝힌다. 형식상 이야기의 연결을 위해 필요한 몇 개의 나사를 사용했을 뿐이다.

또 짧지 않은 이 글을 내가 1인칭으로밖에 쓸 수 없는 이유도 설명이 필요하겠다. 그것은 파일로 찾아든 영상 때문이다. 이 영상은 처음부터 끝까지 1인칭으로 촬영된 파일이었다. 때문에 다른 곳에서 벌어지는 상황의 내용은 전혀 알 수 없다. 물론 여러 루트를 통해 김중호(이것은 그의 진짜 이름이다.)에게 들어오는 정보와 그가 말하는 것으로 미루어 짐작할 수는 있지만 그런 정황만으로 단정해 정확한 사실로, 다른 곳에서 일어난 일을 내가 본 것처럼 그릴 수는 없었다. 다시 말해 모든 사건을 알고 진행하는 전지적 작가시점을 파기한 이유는 파일 자체가 미래에서 온 것이고 그렇다면 언젠가는 모든 사실이 밝혀질 것이기 때문이다.

의문의 파일이 어떻게 촬영된 것인지 그 정체 또한 짚고 넘어가야 한다. 파일의 첫 부분, 그러니까 김중호가 우주유영에 나서는 부분에서 나는 분명 우주복에 장착된 광학 카메라일 것이라고 생각했다. 행동하는 사람의 시야를 1인칭 그대로 보여주는 카메라는 지금도 너무 흔한 것이니까. 그러나 그 외의 다른 상황에서는 광학 카메라를 매달고 지속적으로 촬영할 수 없었을 것이다. 더욱이 그가 SDU에 체포되었을 상황을 보면 그렇다. 누가 테러리스트를 잡아놓고 그가 촬영하도록 허용하겠는가? 이 과정에서 내가 할 수 있는 일은 화면을 유심히 살피는 것뿐이었다.

그 결과 화면에서 광학 카메라와는 다른 여러 특성을 발견했다. 일단 수시로 나타나는 왜곡이 그것이다. 물론 카메라도 렌즈의 특성에 따라 왜곡이 생긴다. 그러나 화면의 것은 그렇게 규칙적이고 예상 가능한 종류의 왜곡이 아니었다. 어떤 경우에는 화면의 절반이 심하게 뒤틀리거나 색 자체가 완전히 변하기도 했다. 인물이 순간 사라져 보이지 않는 경우도 있었으며 시각이 변하면 멀쩡하게 나타나기도 했다. 간혹은 그 자리에 없는 인물이 갑자기 튀어나와 현실처럼 말을 걸어오기도 했다. 꿈처럼 순간순간 조작되는 듯한 영상이었으며 조작의 리듬을 결정하는 것은 인물의 감정의 상태라는 생각이 들었다.

소리의 변화는 이보다 더 극적이었다. 기계에 의해 녹취된 소리의 특징은 한 장소에서 들리는 모든 소리와 잡을 수 있는 모든 주파수대의 진동을 포함하는 것이다. 그러나 영상에서 들리는 소리는 아주 선택된 소리만을 담고 있었다. 현재 그가 관심을 기울이는 소리는 아주 선명하게 들리지만 배음들은 거의 소거되었다. 다음 순간 주위를 둘러보기라도 하면 그때 배경음들이 우왕좌왕 살아났다. 또 뭔가에 집중하는 순간에는 아예 모든 소리가 사라졌고 집중이 풀리면 순간적으로 모든 잡음이 덮쳤다.

시각과 소리에서 나타나는 이와 같은 특징들, 그러니까 주변의 정황과 화자의 감정 상태에 따라 극적으로 변화하는 정보들은 그것이 어떤 것인지 어렵지 않게 유추할 수 있었다. 바로 한 사람의 기억이라는 결론에 이르렀을 때 모든 것이 설명되었다. 물론 나의 결론이다. 기억을, 그것도 순차적으로 정리된 기억에서 영상과 소리를 파일로 옮겼다고밖에 설명할 도리가 없었다. 선별적으로 기억을 지우고 또 다시 살리는 기술을 가지고 있는 가까운 미래의 기술적 배경이라면 그리 어려운 일도 아닐 것이다.

그의 영상, 아니 기억을 보면서 우리들의 기억이 가진 특징을 새삼스레 바라보게 되었다. 기억이라는 것은 아주 제한적이고 자의적이다. 어떤 기억이든지 주된 관심 부분은 지나치게 확장되거나 왜곡되어 있는 반면 그 외의 부분들은 마음대로 지워지고 변형된다. 또 아예 존재하지 않는 것을 만들어 삽입하기도 하고 중심과 주변을 마음대로 바꾸어 아예 새로운 극을 꾸미는 일에도 주저함이 없다. 우리가 진실을 판별하는 가장 중요한 기준으로 믿고 있는 기억은 이렇게 자기 기만적인 작업을 토대로 만들어지고 있다.

이것은 개인이 얼마나 객관적으로 생각하고 행동하는가, 라는 성향의 차이와는 아무 상관없는 것으로 기억이 가진 근본적인 작동원리였다. 이 원리가 인간이 겪은 진화의 결과물이라면 세상을 주관적으로 해석하고 자의적으로 변형하는 것 자체가 개인과 종의 생존에 유리하다는 결론에 이를 수 있다. 반대로 세상은 그저 해석만 남고 실체는 없을 수도 있다는 극단적인 이해도 가능하다. 그렇다면 죽음은 단지 아무도 해석하지 않고 해석할 수 없는 무엇일 것이다.

이런 기억의 작동방식 때문에 내가 보지 못했던 것이 또 하나 있다는 사실을 깨달았다. 바로 김중호 자신의 얼굴이다. 파일을 여러 번 돌려보면서 깨달은 사실이다. 그가 가진 1인칭의 기억은 자신을 철저하게 지우고 있었다. 어떤 이유에서건 일부러 거울을 찾아보지 않는 이상 우리는 자신의 얼굴을 볼 수 있는 존재가 아니다. 그렇더라도 그의 무의식은 자신의 얼굴과 마주할 기회를 피했으며 또 우연히 자신의 모습과 마주치더라도 기억에서 철저하게 배제했다. 아마 기억을 재편성하는 과정에서 극적으로 뒤바뀐 그의 성격을 무의식은 받아들이기 어려웠을 것이다. 두 성격 모두 그의 것이었지만 둘 모두 그의 무의식과 화해하지 못했기 때문에 누구나 자연스럽게 인정하고 사는 자신을 기억하지 못했고, 그래서 자신의 모습을 자신이라고 해석할 수 없었다. 아니 인간의 기억은 근본적으로 자신의 뿌리를 감당할 수 없는 존재이기 때문에 자신을 외면하는 일이 당연한 것인지도 몰랐다. 하여간 지구로 돌아오는 셔틀 안에서 휴대기기에 어두운 윤곽으로 스치듯 드러난 김중호 외에는 그의 얼굴을 찾아볼 수 없었다.

D-2879h

아침이었다. 처음 나를 맞은 건 마룻바닥에 꼼짝없이 붙어있는 몸이었다. 중력이었다. 몸을 일으키려했지만 마치 강력한 접착제가 바닥과 몸 사이를 붙들고 있는 것처럼 움직이지 않았다. 다시 중력을 느끼기 시작한지 20시간이 조금 넘고 있었다. 매번 적응의 시간은 고통의 시간이기도 했다. 그러나 물큰한 된장국 냄새가 있었다.

아침은 파란 하늘로 시야를 꽉 채우고 있었고 주방 의자에 앉아 물끄러미 나를 바라보고 있는 인숙은 말이 없었다. 조근조근 끊임없이 이어지던 수다가 사라진 것이다. 이제 정확한 발음마저도 어려워졌을 것이다.

인숙의 얼굴은 작고 가무잡잡했다. 그 위에 그려진 짙고 긴

눈썹은 나를 향해 날아오는 갈매기 같아 곧잘 바닷가 짠내가 난다고 놀리곤 했다. 된장국, 그러니까 짙은 과거의 색을 가진 뜨거운 액체가 차분하게 그릇에 고여있었다. 너무도 당연한 일이지만 지구궤도에 머무는 동안 액체를 먹으려면 항상 둥둥 떠다니는 팩을 붙잡아야 했었다.

음식은 짰다. 그러나 아무 내색 없이 맛있게 먹었다. 이제는 맛도 느끼지 못한다고 식탁에 마주앉은 인숙은 천천히 또박또박 말했다. 맑았던 눈은 언제부터인가 어둡게 깊어져있었다. 그래도 웃었다. 무릎 위에 포개어 감춘 인숙의 손을 아침볕이 덮었다. 숟가락을 내려놓고는 다시 침대에 누웠다. 밀려오는 잠을 감당할 수 없었다. 무의식이 잠으로 도망가라고 부추기고 있는지도 모를 일이었다.

D-2874h

시간은 맥없이 갔다. 가을이 가진 덧없음 때문인지도 모른다고 생각하면서 눈을 떴다. 어스름녘이었고 인숙은 여전히 주방에 선 뒷모습이었다. 마치 내가 잠든 5시간 내내 말할 수 없는 고통을 재료로 뭔가를 만들고 있는 것 같았다. 아픔으로 만들어진 음식을 먹어도 될까? 대부분의 음식은 누군가의 주검이다. 그렇게 죽음의 작은 조각들을 먹어야 하나의 생은 이어진다. 하루분의 시간을 먹어치운 해는 무거워진 몸으로 가라앉고 있었다.

문득 찰스가 건넨 통신포트가 떠올랐다. 몸 안에 어떠한 통신장치도 삽입하지 않았기 때문에 통신포트가 없으면 누구와도 연락할 수 없었다. 많은 사람들이 현대의 기술을 이용하라고 점잖게 타일렀지만 사실 불편한 것은 그들이었다. 백팩은 침대 옆에 얌전히 놓여있었다. 아마도 인숙이 자리를 찾아주었으리라. 백팩에서 꺼낸 통신포트에 손가락을 대자 그것은 연필에서 종이로 변신했다. 화면은 찰스로부터 파일이 몇 도착해있음을 알렸다. 실시간 통신이 불가능한 사람에게 쪽지를 남기는 일과 같았다. 파일을 확인하려다 마음이 내키지 않았다. 포트를 침대 위에 던져버리자 그것은 다시 도르르 말리면서 연필의 모습으로 돌아갔다. 피를 제공해줄 생물이 지나가기를 기다리는 진딧물이 떠올랐다. 그것은 몸을 돌돌 만 채 나무에 매달려 긴 시간을 버티다가 온혈동물이 지나면 그 위로 몸을 던진다. 통신포트에 내가 피를 빨릴 일은 없지만 그 모양 때문인지 손을 대고 싶지 않았다. 해가 지기 전에 들판에 나가봐야 한다는 생각이 들었다. 자리에서 일어나 주섬주섬 옷을 챙기자 뒷모습으로만 서있던 인숙이 돌아보았다. 여자의 손은 여전히 부드럽지만 차가웠고 작은 마당은 그대로였지만 여름이 쌓아놓고 간 잡초가 무성했다.

마을을 등 뒤에서 푸근히 안고 있는 작은 동산이 들판으로 흘러내리다 만나는 끝선에는 좁은 길이 있었다. 그 길은 산을 절반 정도 끼고 돌다가 들판을 건너는 좁은 농로였지만 이렇게 해가 질 때면 인숙과 함께 걷던 더없는 산책로이기도 했다. 녹슨 철대문을 밀고 나서자 제일 먼저 코스모스가 손등을 쓸었다. 몇 걸음 앞에서 흔들리는 꽃잎은 저녁 햇살을 그대로 투과시키고 있었다. 그러자 꽃잎은 누군가 붓으로 허공에 찍어놓은 분홍과 흰 점이었고 그 점들은 산의 밑동까지 흐드러지게 찍혀있었다. 그 비현실적인 점들 뒤로 억새가 반짝였다. 하늘은 가장 깊은 파랑으로 배경을 그리고 있었다. 이 가을 저녁의 정경은 가능한 모든 빛들이 어울린 오케스트라였다. 기쁘지도 슬프지도 않았다. 다만 심장이 반응해 불규칙하게 뛰기 시작했고 그 사이로 낮은 목소리가 끼어들어 중얼거렸다.

'난 괜찮아, 난 괜찮아.'

사람의 목소리는 아니었다. 아니 목소리가 아니었다. 풍경의 배음 같은 것이었다.

'괜찮아, 괜찮아.'

이해할 수 없었지만 느낄 수 있었다. 거대한 목소리였을 것이다.

"말이 없네?"

내 겨드랑이 깊숙이 팔을 꽂은 인숙이 먼저 말을 건넸다. 인숙의 약간 어색한 걸음과 보조를 맞추기 위해서 더 천천히 걸어야했다.

"할 말이 너무 많네."

너무 많은 말들은 넘쳐 흘러가버렸고 또 가을바람에 증발되어버렸다. 그렇게 천천히 마을을 벗어나고 있었다.

"참, 중호 씨, 당신 외할아버지가 소설가였다며?"

"나도 어머니한테 듣기는 했는데."

"어떤 소설을 쓰셨는지 알아?"

외할아버지에 대해 내가 아는 것은 별로 없었다. 그저 무명 소설가로 몇 개의 묵시록적 소설을 쓰고는 초로의 나이에 종적을 감추었다는 것 정도였다. 가을 들판에 바람이 남긴 발자국이 곧 사라지는 것처럼.

"제주도에 큰 피해는 없다는데, 어머니 계시는 동네도 그렇고. 그런데 한라산이 다시 분화할 가능성이 있나봐. 어머니 걱정하시던데."

"외할아버지도 제주도에 잠깐 계셨대."

이야기가 조금 무거워졌는지 인숙은 화제를 돌렸다.

"낮에 한종식이라는 사람한테서 연락 왔었는데."

"한종식?"

"잘 안다고 하던데? 대학 동창이고 전 직장 동료라고."

"아, 종식이!"

대학에서 같이 동아리 활동을 하던 친구였다. 지구 생태계를 통합적 시각으로 분석하는 동아리에서 그는 항상 앞자리를 지켰다. 졸업 후 급진적 환경운동단체에서 함께 일하다가 RGP에서 스카우트 제의가 왔을 때 머뭇거리던 나를 주저 없이 이끌던 행동파이기도 했다. RGP가 SDU에 사람을 잠입시키기로 결정했을 때 나를 적극적으로 추천한 사람도 그였다. 내가 비교적 알려지지 않은데다가 생태계 반응성과 높은 우주 적응력을 가지고 있다는 사실이 그가 내세운 이유였다. 그런 종식이 나를 보러 오겠다고 하는 이유는 충분히 짐작이 갔다. 우주엘리베이터에서 죽었어야 할 RGP의 영웅이 살아 돌아와 집에 있다고 하니 궁금한 것이 많았으리라. 하지만 그에게는 아무런 감정도 없다. 어차피 내가 선택했던 일이었고 지금 우리는 무엇도 선택할 수 없는 상황에 함께 놓여있을 뿐이니까. 그러나 그리 반가운 이름은 아니었다.

"그런데?"

"내일 저녁에 우리 집으로 오겠대."

"글쎄."

"아니야. 막무가내로 오겠다는 거야. 일행이 둘 더 있다고 하면서 맛있는 음식 부탁한다고 너스레를 떨던데."

바람은 신김치 맛이었다. 발목이 시큰거렸다. 쌀쌀했다. 생각하고 싶지 않았다. 인숙도 말이 없었다. 그렇게 들판으로 이어지는 갈림길에 이르렀다.

"블랙홀이 뭔지 알아?"

이 단어만으로는 파국의 냄새를 맡을 수 없다는 생각에 나도 모르게 그만 뱉어버린 말이었다.

"내가 아는 상식 이상이 필요한 일인가봐?"

그저 옆 마을에서 일어난 강아지 가출사건을 말하듯 자연스럽고 편안하게 이번 비행에서 겪고 들었던 일들을 털어놓았다. 그사이 서쪽 하늘은 핏물처럼 홍건해졌다. 대략의 이야기가 끝났고 아무 일 없었다는 둘은 걸음을 돌려 다시 집으로 향

했다. 무릎까지 시려오기 시작했고 인숙은 더 절룩거렸다. 힘
겹게 역을 빠져나가는 기차가 들 가운데를 가르고 있었다.

"지름이 9Km 정도의 작은 천체면 그게 블랙홀이라도 그냥
그 정도의 구멍만 뚫리고 지나가는 거 아닌가? 지구가 훨씬 크
잖아. 그렇게 심각해?"

"아주 넓고 평평한 욕조가 있어. 그리고 거기에 물이 차있어.
발목 정도로 차있다고 할까?"

"목욕은 못하겠네."

"후!"

나는 실없이 웃고 말았다. 인숙은 전혀 심각하지 않았다. 인
간에게 현실감을 일깨우기에는 너무 큰 사이즈의 사건이었다.

"그래서? 계속해봐."

지금 인숙에게는 심각한 현실이란 존재하지 않을 수도 있었
다. 그저 내 목소리로 들려주는 이야기일 뿐.

"거기에 잉크를 한 방울 떨어뜨려봐. 조금 크게 떨어뜨려도
괜찮아."

인숙은 고개를 들어 하늘의 깊은 곳을 바라보았다. 물 위에
떨어뜨릴 잉크를 하늘에서 찍어오는 듯했다. 그리고 눈을 감
았다.

"떨어뜨렸어! 그런데 이거 과학자들이 하는 사고(思考)실험
인가, 그런 거야?"

"비슷해! 그래서 잉크는 잘 떨어뜨렸어? 동그랗게 퍼지고 있
지?"

"응. 파란색의 잉크이고 점점 동그랗게 퍼지고 있어. 빨리 말해봐, 조금 있으면 전부 퍼져서 흔적도 없이 사라질 거 같아."

"이제 그 잉크가 떨어진 곳에서 멀지 않은 곳 바닥에 작은 구멍을 내는 거야. 물이 빠지는. 그러면 어떻게 되지?"

"응, 잉크가 점점 움직이고 있어 물이 빠지는 곳으로. 그 근처에 다가가니까 원이 찌그러지면서 빨려 들어가기 시작하네."

"결국에는 전부 빨려 들어가지. 아까 내게 물었던 질문에 대한 답이야."

인숙은 눈을 뜨고 땅을 바라보았다.

"잘 모르겠어. 그게 뭔지. 원리는 알겠는데, 지금 이게 뭔지 잘 모르겠어. 나는 벌써 빨려드는 것 같기도 하고. 잘 모르겠어."

하늘도 인숙의 표정도 점점 어두워졌다. 지구궤도에서 보는 공간의 색깔을 닮아가고 있었다. 그보다는 아주 느리다는 것이 위안이라면 위안이었다. 인숙의 발음은 아침보다 많이 자연스러웠다.

"난 요즘 윤회가 정말로 있는 것 같아. 아프니까 다른 생명들의 목소리가 들리는 것 같기도 하고. 그저 돌고 돌아 어딘가에 내 영혼이 다시 안착할 수 있다는 믿음이 생겼어."

"글쎄, 윤회가 있다손 치더라도, 지금의 상황은 그 반복을 만들어가는 배우들과 서 있는 무대 자체가 사라지는 일 아닐까? 춥지 않아?"

인숙에게 붙들려있던 팔을 빼 그 앙상한 어깨를 감았다. 어깨를 지탱하는 근육이 잘게 떨리고 있었다. 한기 때문인지 병증으로 나타나는 경련인지 알 수는 없었다.

"블랙홀이 있다고 했지? 그 이후는 아무것도 예측할 수 없다고 했지? 그럼 그게 죽음이지? 사람들이 믿는 죽음. 그 다음은 없을까? 어떤 형태이든 그 다음이 있는 거 같아. 그냥 느껴져. 당신이 말하는 모든 질서의 끝이 아니라 새로운 질서의 시작일 수도 있지 않을까?"

"그건 우리 영역 밖이야. 우리가 알 수 없는 것, 말할 수 없는 것, 물을 수도 없는 것. 인간은 어떤 종류의 분명한 한계를 가지고 있어. 예를 들면 지구가 지나는 궤도에 왜 블랙홀이 생겼나, 그것도 우리 우주에 있을 수 없는 종류의. 이런 질문 말이야. 물을 수도 없고 대답해줄 존재도 없어. 더욱이 우리가 할 수 있는 일은 아무것도 없고."

점점 어둠으로 숨고 있는 마을의 입구가 다가왔다. 수령이 400년이 넘은 괴목이 가장 짙은 어둠으로 다가왔다. 나무 아래 가로등을 지날 때 인숙의 초점은 길 위에 떨어져있었다.

"나는 내가 모르는 것에 겸손해. 또 우리의 의식이 얼마나 미미한 것인지 정도는 알고 있어. 우리가 모르는 것이 다가오면 백짓장 같은 마음, 그러니까 뭐든 받아들일 마음으로 다가가야 할 거야. 그러면 우리가 모르는 것이 있다는 사실은 바로 거기에 새로운 것이 있다는 말과 같지 않아? 나는 느낄 수 있는데."

"나도 좀 느끼게 해주지?"

대문 앞에 이르러서 소소한 농담처럼 인숙을 끌어안았다. 아직도 어깨는 떨고 있었다. 대화 자체가 조금 피곤해지기도 했지만 기분 좋게 마무리해야 했기 때문이다. 잠깐 그렇게 있던 인숙은 나를 살짝 밀어냈다.

　　"내 말 이해하지 않는구나?"

　　"아니야, 추워 얼른 들어가자."

　　인숙은 입술을 깨물며 단호한 표정을 지었다.

　　"좀 더 진지하게 들어봐! 그렇지 않으면 안 들어갈 거야."

　　어쩔 수 없는 노릇이었다. 내 무심한 표정이 그를 무시했다고 느끼게 했다면.

　　"인도의 우화에서는 죽음을 이렇게 말하고 있어. '잃어버린 것이 아니라 먼저 간 것이다.'라고. 물 아래에 사는 잠자리 유충들이 있어. 그러다가 물위로 떠올라 껍질을 벗고 날아가면 물속에 있는 유충에게 자신이 어떻게 변했는지, 새로운 세상이 어떤지, 거기서 무슨 일이 일어나는지 절대 말해줄 수 없잖아. 간혹 개구리가 전해주는 이상한 소문 말고는 전혀 알 수 없잖아? 세계의 벽을 뚫고나간 잠자리들에게서는 어떤 말도 들을 수 없었을 거야. 이런 게 죽음이라면 우리가 모르는 곳은 아무도 비밀을 알려주지 않는 새로운 곳일 수도 있어!"

　　'알 수 없다면 의미도 없는 거야. 그래서 알 필요도 없어. 그래서 죽음 건너의 땅에 대해 말하지 않는 것이고.'

　　그러나 이 말은 공기를 흔들지 못했다.

D-2866h

이제 잠도 오지 않았다. 아무 할 일이 없었다. 조용히 숨 쉬
며 파국을 기다리는 일밖에. 밤의 깊은 곳에는 정적만이 똬리
를 틀고 꼼짝하지 않았다. 가끔 끼어드는 풀벌레 소리가 이곳
이 지구의 표면, 사람들이 사는 땅이라는 사실을 일깨웠다. 문
득 뉴스가 궁금해졌다. 새벽 2시를 조금 지나고 있었다. 방의
벽 전체에 벽지처럼 발라져있는 화면을 켰다. 온라인을 통과
해 뉴스섹터에 접속했다. 현재 가장 뜨거운 이슈에 접근하는
데에는 많은 시간이 필요하지 않았다. 물론 전 세계적으로 벌
어지고 있는 재난과 대응 그리고 전망에 관한 과장된 분석들
이 난무하고 있었지만 진실과 가까운 것은 없었다. 그런데 메
인 이슈 근처에 상당한 접근성을 가지고 떠도는 소문이 눈길
을 끌었다. 뜬소문처럼 여기저기 잠시 출몰하지만 누군가에
의해 바로 사라지는 이슈, 그러니까 한 이슈가 조금씩 얼굴을
바꿔가며 온라인에서 점멸하고 있었다. 특정 집단이 네트워크
의 곳곳에서 계속 소문을 흘리고 또 누구는 그들을 추적하면서
소멸시키는 형국이었다. 사람들은 이런 이슈에 흥미를 가지기
마련이다. 뉴스팔로워들은 단편적인 정보들을 모아 분석하고
재구성한다. 그렇게 몇 개의 맥락으로 사건의 전반이 구성되
면 바로 구체적인 소문으로 배포되기 시작한다. 이런 방식은
'뉴스텔러'라 불리는 오래된 언론조작의 고전적 패턴이자 사회
운동의 방법이기도 했다.

정치적으로 적진을 교란하기 위해서 조작된 사실을 뿌리는 방법이었고 반대로 권력이 감추는 사건을 추적하고 재구성하는 포위망이기도 했다. 짚이는 영역에 유사한 정보를 흘리고 기관과 주변의 반응을 분석해 다시 변형된 정보를 던지는 과정을 통해 짧은 시간에 사건의 윤곽을 포착해냈다. 몇 개의 텍스트 안에서 타깃을 찾는 일은 쉬웠다. 바로 SDU와 UN의 몇 개 담당부서로 압축되었다. 그렇다면 정보를 캐고 흘리는 쪽은 더욱 짐작하기 쉬웠다.

내용은 놀라웠다. 모든 소문들이 NG-2프로젝트를 가리키고 있었다. 물론 디테일은 어긋나고 황당한 부분도 많았다. 외계인이 배후로 등장하거나 지구 전체를 폭파하려는 테러리스트들에 관한 그릇된 소문도 있었지만 전체적인 윤곽은 소수의 지구인들이 지구 밖으로 이주를 꾀하고 있다는 틀을 짚고 있었다. 놀라운 일이었다. 그만큼 접근하기 어려운 정보이기도 했지만 이 사실이 공개되었을 때 전 세계적인 폭동을 불러올만한 파괴력을 가지고 있기 때문이었다. 그렇기에 UN 우주관리국 입장에서는 블랙홀과 관련된 사실을 공개할지언정 NG-2프로젝트에 관한 정보는 목숨보다 더 귀하게 지켜야할 것이었다. 그러나 어찌된 영문인지 소문은 상당히 구체적이었다. 정지위성에 설치되고 있는 주거시설과 우주엘리베이터, 그리고 에너지 플랜트까지. 물론 이 모두가 하나의 정보에 실려 있지만 않았다. 또 기관에 의해 굉장히 빠른 속도로 사라지고 왜곡되어 유통되고 있지만 조금만 관심이 있는 사람이라면 내용을 확인하는데 그리 어려움을 느낄 정도는 아니었다. 네트워크에서만 보자면 적지 않은 사람들이 동요하고 있었다. 제일 먼저 확인해야 할 것이 생겼다. 찰스의 위성과 직통으로 연결되는 통신포트였다.

"지구로 돌아간 당신이 지난 몇 시간 사이에 우리를 잊은 줄 알았습니다. 그동안 우리는 당신이 있는 한국 상공을 일곱 번이나 지나갔는데 연락이 없더군요. 부인과 회포는 풀었나요? 그곳 지금 가을이지요? 위에서 보는 한반도는 아주 쾌청하던데, 너무 비관적으로 생각하지 말아요."

찰스는 언짢음을 우회해서 표현했다.

"내 의견이 그리 중요한가요? 내가 뭐라고 하든지 모든 건 이미 결정되어있지 않습니까?"

위성과 연결을 시도한 것은 그쪽의 분위기를 보기 위해서였다. 예상과는 달리 위성 내부의 분위기는 조용하게 가라앉아 있었다.

"우리가 보낸 자료는 검토했습니까? 뭐 감지된 변화는 없어요? 우리는 지금 해결책을 찾고 있습니다. 뭐 그리 희망적이지는 않지만, 지금 중요한 회의 중입니다. 검토하고 다시 연락합시다."

찰스는 서둘러 연락을 끊었다. 일단 나와의 연결이 살아있다는 것을 확인하는 것으로 만족한다는 표정이었다. 연결이 끊어지면서 화면이 투명하게 변했던 통신포트가 반짝거리며 다시 살아났다. 찰스였다.

"아참, 깜박 잊은 게 있어요. 우리 회의 내용 담은 파일 말고 암호화된 문서 파일 하나 더 보냈습니다. 함께 검토하세요. 홍체로 본인 확인만 되면 열릴 겁니다. 잘 생각해봅시다. 그럼."

뭘 생각해보라는 것인지 모르지만 잠깐의 연결로 느낀 분위기로는 그들이 현재 지구상에서 퍼지고 있는 소문에 대해 별로 신경을 쓰고 있지 않는듯했다. 아니면 모르는 척하고 있거나 아예 모를 수도 있었다. 다음 연결을 위해서는 그들이 보낸 파일을 검토해야했다.

D-2864h

"인류가 만든 모든 화력을 쏟아 붓는 겁니다. 갑작스레 나타난 그 블랙홀인지 뭔지에 말이죠."

"일고의 가치도 없는 얘기! 시간이 아깝네요. 블랙홀에 눈곱만큼의 에너지를 보태는 일 이상의 의미는 없습니다. 무식하기는."

클라우드의 의견에 대한 찬드라의 답변이었다.

"물론 블랙홀도 증발합니다. 스스로 사라진다는 얘기지요. 20세기에 호킹이라는 학자가 주장했는데 물론 이론적으로 근거는 있지만 우리에게 의미는 없죠. 호킹복사로 블랙홀도 에너지를 방출하는데, 보통 크기의 블랙홀이 증발하는데 대략 10^{65}년이 필요합니다. 우리 우주의 역사와도 비교할 수 없이 큰 무한대의 시간이죠. 물론 질량이 작은 블랙홀은 더 빨리 증발하기는 하지만 무한대의 절반도 무한대이니까요. 이정도가 대략 서론입니다."

찬드라의 냉소적인 브리핑에 찰스가 질문을 얹었다.

"모든 가능성에 대해 열어놓고 논의합시다. 추측할 수 있는 다른 가능성은?"

회의를 진행하는 찰스의 목소리에는 차분했다. 누가 들어도 아주 일상적인 회의 중 하나일 뿐이었다. 의아스러울 정도로 담담했다. 추측할 수 있었다. 우주관리국에서는 블랙홀의 등장으로 발생한 문제를 적극적으로 해결하려는 의지보다는 NG-2 프로젝트를 얼마나 빨리 마무리하느냐를 더 큰 과제로 느끼고 있을 것이다. 그리고 그들이 지구상에서 번지는 소문에 대해서도 모를 리가 없었다. 그렇다면 이 파일은 단순히 의례적인 회의이거나 NG-2 프로젝트를 감추기 위해 역으로 흘리는 정보를 만들기 위해 내게 보낸 영상일지도 모를 일이었다. 이름을 알 수 없는 사람의 목소리가 이어졌다.

"우리는 하나의 정보 덩어리입니다. 우리를 이루고 있는 건 똑같은 원자들입니다. 다만 그들이 어떤 배열을 가지고 있느냐의 차이만이 있습니다. 그 배열이 정보입니다. 그 정보만 안다면 바로 다시 우리를 재현할 수 있는 거죠."

"그래서요?"

찰스는 정중하게 다그치고 있었다. 뻔한 정보이론 대신 빨리 핵심으로 가라고.

"우리는 블랙홀을 우주에 존재하는 하나의 연산장치라고 보고 있습니다. 블랙홀 내부는 아무 구조가 없습니다. 말 그대로 양자단위로 응축되기 때문에 일견 정보가 소실된 것처럼 보이지요. 그러나 블랙홀 사건의 지평선 근처에서 일어나는 양자적 효과 때문에 정보가 외부로 흘러나옵니다. 물론 블랙홀에서 방출된 정보는 안으로 들어간 정보와는 다르게 특수한 방식으로 변형된 정보이기 때문에 어떤 의미에서 연산을 수행한 것이죠."

"그래서요? 거기에서는 어떤 가능성을 찾을 수 있죠?"

"우리가 우리도 모르는 사이에 블랙홀을 통과했다면 그 안에서 정보의 응축과정을 거쳐 변형된 상태로 방출될 수도 있다는 말입니다. 그런 상황을 가정하더라도 우리는 그 변화를 감지하지 못할 수 있지요. 기억이 작동하지 못한다는 말입니다."

"그럼 멀쩡하게 다시 나올 수도 있다는 말입니까? 뭐 웜홀을 거쳐 화이트홀로 빠져 나간다. 그러나 우리는 기억하지 못한다. 뭐 이런 거와 비슷한 건가요?"

"블랙홀에서 이어진 웜홀과 화이트홀은 아직 확인된바 없는 이론입니다. 블랙홀의 특성을 보건대 확률도 아주 낮습니다. 지금의 논의는 오직 블랙홀에서 어떤 방식으로든 정보가 흘러나오고 있기 때문에 따져볼 수 있는 가능성 중 하나입니다."

"아무 일도 없었다는 듯 그냥 멀쩡하게 나온다구요? 기억도 못하고? 저기 저렇게 블랙홀이 그대로 있는데?"

클라우드였다. 그러나 그에게 아무도 대꾸하지 않았다. 그는 이제 아무도 신경 쓰지 않는 투명인간 같은 존재였다.

"시공간이 찢어지는데 우리의 정보가 그 찢어진 공간을 넘어 그대로 존재할 수 있다? 전등을 껐다 켜는 일처럼 다시 뒤섞어 처음의 상태로 돌아간다는 논리인가요?"

찰스는 냉담하게 정리하고 있었다.

"블랙홀을 연산장치로 본다면 정보를 이동시키는 통로로 작용할 수 있기 때문에 고려해볼 수 있는 가능성입니다. 여기에 덧붙이자면, 회전하는 커 블랙홀은 아인슈타인-로젠 다리를 거쳐 다른 우주로 이동할 수 있습니다. 이 경우 기조력이 그리 강하지 않아 가능합니다. 물론 이론적으로. 단 통과한 후 만나는 우주는 반지름과 질량이 음수인 이상한 곳일 겁니다. 그리고 일방통행일 확률이 큽니다. 돌아오지는 못하죠. 한쪽으로만 이동하는 승강기라고 보시면 됩니다. 많은 사람이 다른 우주와 연결하는 통로라고 굳게 믿고 있습니다."

"지금 당신의 이론은 우리가 사건의 지평선을 넘어선 다음의 가능성입니다. 그래서 정말 소멸하든, 우리가 기억 없이 멀쩡하게, 아니면 이상한 우주 어디에선가 나타나든, 지금 우리에게는 아무런 의미가 없습니다. 이 경우 죽음과 똑같습니다. 알수 없는 죽음 이후를 논하자는 게 아니라 우리에게 필요한 대안은 저 사건의 지평선을 넘지 않는 방법입니다. 죽음을 피하는 방법 말이에요. 우리의 의식과 현실을 그대로 이어갈 때 나나 당신이 우리가 될 수 있으니까. 죽음 이후의 일은 알 수도 알 필요도 없어요. 지금은 학자가 필요한 것이 아니라 우리를 다른 곳으로 이끌 운전자가 필요한 상황입니다."

잠시 정적이 이어졌다. 찬드라가 브리핑을 시작할 때까지 그 자리는 낮게 웅성거리는 잡음이 채우고 있었다.

"두 가지 가능성을 찾고 있습니다. 먼저 블랙홀 주변에 작용하는 막대한 중력 소용돌이를 이용해 탈출하는 방법입니다. 이것은 이론적으로 가능합니다. 블랙홀이 회전하는 방향으로 다가가 주위를 돌면서 정확한 위치로 소용돌이에 휘말린 다음 약간의 추진을 더하면 들어갈 때보다 더 빠른 속도로 블랙홀을 빠져나올 수 있습니다. 이렇게 되면 블랙홀의 회전과 질량에도 영향을 줍니다. 블랙홀로부터 회전 에너지를 훔쳐오는 것입니다."

"가장 현실적인데 여기에는 어떤 문제가 있죠?"

"현재 계산으로는 그 궤도가, 음 블랙홀의 지름이 9Km이니까, 대략 중심으로부터 10Km에서 15Km 사이에 들어앉아야합니다. 이 어마어마한 크기의 지구를 반경 10Km의 원운동을 하는 궤도에 앉힌다는 게 현실적인 어려움입니다. 이건 지름이 10m가 넘는 큰 공을 바늘 끝에서 1mm 떨어진 곳에서 공전시키려는 것과 같습니다. 또 블랙홀에 그만큼 다가갔을 때에는 이미 기조력이 작용하고 있기 때문에 붕괴가 시작될 수도 있구요. 궤도에서 지구를 어떻게 추진하느냐 하는 문제도 있습니다. 지구는 로켓이 아니니까요."

"답이 없군요."

찰스가 혼잣말을 뱉자 찬드라도 혼잣말로 응수했다.

"워낙 이상한 문제이니까요."

"또 하나는 뭐죠?"

"이건 조금 관념적이고 이상합니다."

"뭡니까? 또 질량이 마이너스인 우주 뭐 이런 건가요?"

"아닙니다. 짧게 설명하죠."

잠깐의 공백 동안 작은 전자음이 들렸다. 아마도 영상 시뮬레이션을 돌리고 있는듯했다. 찬드라의 목소리가 이어졌다. 이상하게도 자신감이 빠진 목소리였다.

"우리가 살고 있는 곳은 3차원 공간에 시간을 추가한 4차원 시공간입니다. 특징은 이렇습니다. 공간적으로는 자유롭죠. 어디든 가고 싶으면 가잖아요. 앞뒤, 좌우, 위아래, 모두 열려 있습니다. 그런데 시간만큼은 한 방향으로 강제되어 있죠. 과거에서 현재를 거쳐 미래로 가는 일방통행! 물론 중력의 강도나 속도에 따라서 시간의 속도가 달라지기는 하지만 현재까지 시간의 방향을 돌릴 수는 없습니다. 시간은 그저 한쪽으로 가는 거죠. 시간에 관한 한 선택의 여지가 없이 한 방향만이 강제되어있다는 겁니다. 그런데 말입니다."

찬드라는 잠깐 뜸을 들였다.

"블랙홀 사건의 지평선을 넘어서는 순간, 공간은 한 방향으로 강제됩니다. 오로지 블랙홀의 중심방향으로만 완벽하게 제한된다는 거죠. 그런데 이때 시간은 자유롭게 풀려날 수도 있다는 이론입니다."

"공간이 한 방향으로 강제되는 대신 시간이 자유롭게 풀려난다? 이건 무슨 뜻이지요?"

"새로운 가능성입니다."

D-2863h

동쪽으로 난 창을 바라보다가 아침이 왔다는 사실을 깨달았
다. 밝아오는 것이 아침이라는 사실이 새삼스러웠다. 정확하
게 분절된 하루가 지상에는 있었다. 온갖 생각으로 밤을 지새
웠다는 말은 지구궤도에는 없는 말이었다.

하늘이 밝아지고 태양이 창의 색깔을 바꿔놓았을 때가 아침
이었다. 지구상에서 맞는 아침은 이렇게 고요했다. 지구궤도
에서 맞는 해돋이, 그러니까 낮의 영역으로 들어갈 때 가냘프
게 지구를 싸고 있는 대기권에서부터 모습을 드러내는 태양은
짧은 시간 동안 역동적이고 화려한 색의 향연으로 인간의 혼을
잡아 빼는 장관을 연출하곤 했다. 그러나 아침은 원래 이렇게
조용하게 다가오는 어둠의 죽음이었다.

지구로 돌아온 이후로 가슴이나 옆구리에 통증으로 다가오
는 울림은 그리 심하지 않았다. 지구의 신음이 잦아들었다고
생각했지만 그에 반해 내가 느끼지 못하는 뭔가가 계속 움직인
다는 느낌도 지울 수 없었다.

밝아오는 방을 보고 정신을 차리자 내 머릿속을 휘잡고 있던
말이 '새로운 가능성'이었다는 사실이 떠올랐다. 잠에서 깨어

문득 꿈이 떠오르듯이.

'공간이 철저하게 한 방향으로 제한되면서 시간이 모든 방향으로 자유롭게 풀릴 수 있다는 가능성이라니.'

이런 가정이 현실적으로 어떤 결과를 가져올지 상상하기 어려웠다. 말 그대로라면 4차원 시공간 안에서 내가 원하는 시간의 위치로 이동이 가능하다는 말이다. 이것은 바로 시간여행의 가능성이었다. 이 논리가 가능하다면 시간여행을 하기 위해서 우리는 단지 블랙홀에 뛰어들기만 하면 되는 것이다.

그러나 상식적으로 블랙홀의 외부 영역인 사건의 지평선을 넘어선 물질 모두가 시간의 족쇄에서 풀려난다면 우리는 뜬금없이 나타나는 수많은 물질들과 접해야했다. 그리고 블랙홀은 공간에 생긴 헤어 나올 수 없는 깊은 골짜기라는 명성도 내어놓아야했다. 특이점에 쌓이는 무한대의 질량도 성립될 수 없었을 터이니까.

'그렇다면 최소한 비물질적 정보는 시간의 속박에서 풀려난다는 말인가? 아니, 정보라는 것도 표현할 수 있는 매체, 그러니까 그것이 물질이든 에너지이든 어떤 매개로 드러나는 것인데 비물질적인 정보라는 것 또한 존재하지 않지.'

그렇다면 단지 철학적인 가능성일 뿐 현실적으로 아무런 변화도 없는 가정일 수도 있었다. 생각으로 만들어진 끝없는 소용돌이에서 지쳐갈 즈음 거실에서 인기척이 있었다. 아침과 함께 움직이는 인숙일 것이다. 혼자 움직이는 인숙의 부자연스러운 모습이 떠오르자 무거운 몸을 일으켜야 했다. 왼팔로 바닥을 짚으며 힘을 썼다. 그러자 말려있던 통신포트가 굴러 떨어지면서 스스로 몸을 이불처럼 펼쳤다. 자동적으로 파일이 활성화되었고 암호화 과정을 역으로 진행했다. 레이저가 방안을 훑으며 내 눈동자를 찾아내고 신분을 확인하자 포트는 문서 하나를 띄웠다.

찰스가 보낸 파일은 일급비밀로 분류되어있는 일종의 임상 실험 보고서였다. 눈에 띄는 몇 개의 단어들이 빠르게 뇌리를 지났다.

'병명: 아포토시스, 발생원인: 밝혀진바 없음, 증상: ……, 전파유형: ……, 처방: ……, 평균 생존기간: 특정하기 어려움, 치유사례: 인간의 의료행위로 완치된 사례 없음, 단 예외적인 치유사례에 관한 논리적인 입증은 없지만 보고된 십여 건에 관한 분석은 다음에 상세하게 기재.'

뒷머리를 둔기로 얻어맞은 것 같았다. 눈동자는 최대한으로 동공을 열었고 손가락은 무의식적으로 보고서의 다음 장을 불렀다.

'……중궤도 우주정거장에서 작업하는 SDU 직원이나 NG-2 프로젝트의 일환으로 정지위성에 먼저 도착한 환자의 경우 빠르게 호전되는 의료적 관찰 결과를 얻음. 그 양상은 다음과 같음. 지구표면에서 거리가 멀수록 빠른 속도로 회복하고 있음. ……의학적인 소견이라 보기 어렵지만 아포토시스는 지구와 멀리 떨어질수록 치유의 가능성이 높다고 보임. 다수의 의학자가 지구와 연결된 병증으로 추측하고 있음.……'

나를 휘감고 있던 또 하나 불안의 정체를 발견하는 순간이었다. 인숙의 병은 지구와 깊이 연결되어 있는 사람들의 병이었다. 지구라는 거대 생태계가 죽음에 직면했거나 죽음을 선택했을 때, 그러니까 거대한 죽음을 이루기 위해 발현되는 작은 죽음들이라 할 수 있었다.

저들이 나에게 이런 문서를 보낸 것은 인숙의 병을 미끼로 사용하자는 것이 분명했다. 정지궤도의 우주정거장으로 함께 올라와 자신들의 일을 도우라는 낚싯밥이었다. 그러나 인숙을 생각하면 덥석 물고 싶은 낚싯밥이었다.

D-2858h

마당에 자란 풀을 쳐내기 위해 낫을 꺼내들었다. 아버지가 남겨준 물건이었다. 물론 아버지는 할아버지로부터 물려받은 것이다. 지금은 농촌에서도 사용하는 이가 거의 없지만 어릴 적 할아버지가 사용하는 모습을 보았던 기억이 선뜻 꺼내들 용기를 주었다. 손잡이는 원래 나무의 색을 짐작하기 어려울 정도로 검게 말라있었고 활처럼 굽은 몸통은 녹이 슬어 날이 있었는지조차 짐작하기 어려웠다.

창고에서 낫과 함께 긴 시간을 견디고 있던 숫돌도 찾아냈다. 숫돌로 낫의 날을 세우는 일은 생각보다 어려웠다. 그러나 20여 분 동안 물을 뿌려가며 서툴게 문지르자 낫에는 허연 날이 드러났다.

가을 하늘 아래에서 허공에 낫을 휘두르자 낫은 한줄기 섬광으로 자신이 아직 살아있다고 대답했다. 원초적인 공격성이라 부를만한 묘한 자극이 팔뚝에 경련을 일으켰다. 한동안 정신 없이 낫을 휘둘렀다. 얼굴에서 땀이 떨어지기 시작할 즈음 오른팔은 딱딱하게 굳어왔고 손바닥에 잡힌 물집이 터지면서 아려왔다. 밑동이 잘려나간 풀들에서는 향긋한 냄새가 났다. 삶이란 이런 매력이 있다고 속삭이는 향기였지만 돌아보면 풀들의 피냄새일 터였다.

거미줄 앉은 테이블을 닦아 꺼내놓고 고기 굽는 그릴을 끌어내 청소하는 일이 끝나자 그만 기진맥진이었다. 이제 조금씩 중력에 적응해가는 몸에게 한 순간 너무 많은 노동을 요구했던 것이다. 버거웠다. 계속 움직이고 싶다는 인숙에게 식재료를 다듬고 씻는 일을 맡기고는 옷가지를 벗었다.

땀으로 흠뻑 젖은 몸으로 샤워기 아래 섰다. 체온과 비슷한 온도의 물이 몸을 타고 흐르는 느낌은 대지에 발을 딛지 않으면 느낄 수 없는 기쁨 중 하나였다. 몸에 난 털 하나하나, 피부의 세포 하나하나를 쓰다듬으며 아래로 흘러내리는 따듯한 물의 손길은 어떤 손길보다 부드럽고 자극적이었다. 이 또한 중력이 선물한 손길이었다. 그러나 이 모든 것이 사라지려하고 있다.

'그렇다면 함께 사라지면 되지 않는가? 외로움이란 내가 남은 것이 아니라 나를 제외한 모두가 사라지는 것이었다. 크기라는 것은 무엇과 무엇의 비율로만 감지할 수 있다. 구름의 크기를 가늠할 수 없는 이유는 무엇과도 비교할 수 없기 때문이다. 죽음이 그렇다. 죽음은 단지 연결이 끊어지는 일이다. 생명과 생명을 잇는 연결이 끊어지고, 사건과 사건 사이의 인과가 소멸하는 것이다. 죽음을 피부로 느끼고 죽음으로 고통스러워하는 이는 남은 자이다. 남아서 생과 죽음을 비교하는 자이다. 이것이 우리가 지구와 함께해야 하는 이유이다.'

샤워거품을 몸에 바르고 있는 사이 멀리에서 전해지는 진동이 몸을 흔들고는 창문의 틈을 이용해 소리를 냈다. 떨어지는 물방울들의 곡선도 부르르 떨며 제멋대로 흔들렸다. 작은 지진이었다. 며칠 조용했던 지진이 다시 대지를 흔들면서 만드는 떨림이었다. 그러나 마음은 가벼워졌다. 우리에게 남은 시간을 지구와 함께 하기로 한 결정은 내 것일 뿐이기에 인숙의 의견도 물어야 했다. NG-2 프로젝트라는 특수한 선택지가 우리 앞에 있다는 사실을 그도 알아야할 시점이었다.

D-2856h

같은 대학동기인 종식과 캐리는 확실히 기억이 났다. 그러나 빨간 머리에 비쩍 마르고 키가 큰 스테판에 관해서는 흐릿했다. 분명 아는 사람이긴 했지만 누구이며 RGP 안에서 어떤 일을 하는지 도무지 떠오르지 않았다. 뇌신경의 기억패턴에 인위적으로 손을 댔던 일 때문에 생긴 후유증인 듯 했다. 그러나 크게 신경 쓸 일은 아니었다. 대화를 하다보면 자연스레 서로를 알게 될 테니까.

대문을 밀고 들어와 먼저 손을 내민 건 종식이었다. 그리 크지 않지만 다부진 체구에 각진 턱으로 마무리된 얼굴은 깎은 지 며칠 된 짧은 수염으로 뒤덮여있었다. 근육질의 체구를 드러내는 딱 붙는 스포츠 웨어 스타일은 그대로였다. 그리고 상대방의 뇌 속을 들여다보고야 말겠다는 듯 깊이 노려보는 검은 눈빛도 여전했지만 머리카락은 절반이 희게 변해있었다. 꽉 쥔 손을 놓지 않은 채 가까이 다가온 종식은 내 귓불에 더운 김을 쏟으면서 속삭였다.

"3년만이야! 보고 싶었다는 식상한 거짓말은 하지 않을게. 그 대신 고맙다. 고생해줘서."

"아니, 괜찮아. 그런데 내가 왜 여기 서있는지 잘 모르겠어. 그것뿐이야."

내 솔직한 심정이었다. 지금 여기서 누구와 무얼 하고 있는지 현실감이 부족했다. 긴 금발을 뒤로 깡뚱하게 묶은 캐리가 자신의 순서에 나서는 가수처럼 과장된 몸짓으로 다가와 포옹했다. 깊은 푸른 눈은 여전히 아름다웠다.

"다시 돌아와 기뻐."

짧은 인사 뒤로 로즈마리를 닮은 향수냄새에 잠시 현기증이 일었다. 인숙이 종식과 캐리에게 인사를 나누는 사이 스테판은 마당에 놓인 테이블로 다가가 털썩 의자에 몸을 던졌다. 뭐

그리 과장되게 인사를 해야 하느냐고 묻는 눈빛으로 내게 짧게
손을 들어 흔들어보이고는 바로 음식에 눈을 돌렸다.

"오! 바비큐, 이게 얼마만이야. 진짜 돼지고기 맛을 보는군.
헤이, 멋지게 살아 돌아온 친구! 고마워."

진정 스테판의 관심은 음식뿐인 것 같았다.

"말리지 않을게, 그런데 그 마른 위장으로 얼마나 감당할 수
있겠나?"

농담이라고 던진 말이 살짝 가시 돋친 듯 느껴지자 스스로
조금 뻘쭘했다. 아마도 스테판의 행동에 반감이 들었던 모양
이었다. 스테판은 아랑곳하지 않고 배낭에서 술병들을 꺼내기
시작했다. 샴페인, 코냑, 소주 누구의 취향인지 모르겠지만 잡
다하게 많이 마시는 사람이 있었다.

장갑을 끼고 그릴로 다가갔다. 벌겋게 달궈진 숯 위에 뼈가
붙어있는 갈비를 얹었다. 피어오른 연기는 다시 찾아온 가을
저녁을 가르면서 푸른 허공으로 사라졌다. 캐리는 인숙의 손
을 두 손으로 부여잡고 뭔가 심각한 표정으로 이야기를 하고
있었다. 표정으로 보면 인숙의 병증에 관해 정보와 위로를 나
누는듯했다. 스테판은 고기가 빨리 익지 않는다고 투덜대며
게걸스레 밑반찬을 먹어댔다. 두어 번 고기를 뒤집었을 즈음
종식이 다가와 내 어깨에 손을 올리며 짐짓 낮은 목소리를 뱉
었다.

"살아 돌아와서 기뻐. 진심이야."

"자, 술이나 한잔 하지?"

더 들을 얘기가 아니었기에 서둘러 입을 막았다.

D-2855h

오랜만에 마시는 술은 취기가 빨리 올랐다. 살짝 정신을 풀어주는 술기운에 기분은 한결 나아졌다. 학창시절에 있었던 사소한 이야기들이 봇물 터진 것 또한 술기운 때문이었다. 남자에게는 최대의 관심사였던 여자가 주된 테마였고 여자에게는 쿵쿵거리고 쫓아다녔던 인간 수컷에 관한 이야기였다. 그리고 어쩔 수 없이 우리를 이어주었던 RGP와의 첫 만남, 그리 즐겁기만 한 이야기는 아니었지만 한순간 그것도 추억이라는 이름으로 자리 잡았다. 오랜만에 짓는 환한 웃음과 또 눈에 들어오는 다른 이의 웃음은 반가웠다.

그러나 웃는 표정도 지구력이 길지 않았다. 얼굴의 근육 중 우울한 표정을 짓는 것들만을 사용해왔다는 생각이 들었다. 테이블 위에 바닥을 드러낸 병 셋이 따로 모였을 때 추위를 느낀 인숙은 집안으로 들어갔다. 물론 멀리까지 직접 온 이들에게 하고 싶은 말을 하라는 배려였다. 순간, 대화가 끊기고 어색한 침묵이 이어졌다. 이제 준비한 이야기를 꺼내야 한다는 강박의 표시였다. 어색한 시간이 닥치자 종식이 입고 있는 옷이 다시 눈에 들어왔다.

"이제 셔츠에 RGP라고 쓰고 다니네?"

그의 셔츠 가슴부분에는 RGP라는 이니셜이 새겨져 있었다. 뭐 사람들이 옷에 쓰인 글자를 유심히 보고 다니지는 않겠지만 그래도 뜻밖이었다. RGP는 환경과 관련된 테러가 있을 때마다 종종 뉴스에 오르내리고 UN에 의해 적지 않은 정치적 수배자도 배출하고 있기 때문이다.

"신경 쓸 일 없어, 그들도 우리를 다 알고 우리도 그들을 잘 아는데. 눈 가리고 아웅이지. 그리고 이 셔츠 요즘 인기가 많은데 잘 모르는구나?"

'잘 모를 수밖에.'

급진적 환경단체의 이름이 대중에게 인기 있다는 사실 자체가 그 사회의 기울기를 보여준다는 생각이 들었다. 종식은 지나는 말처럼 한마디 덧붙였다.

"그리고 이런 판국에 적이고 아군이고 따지고 들 정신이 있겠어? 저 위에 있는 놈들."

드디어 방문자들이 듣고 싶고 말하고 싶은 주제가 나오고 있다. 궁금할 것이다. 바로 얼마 전까지 저 위에서 무슨 일이 벌어졌는지. 그러나 내가 무슨 생각을 하고 있는지 다 안다는 눈빛으로 나를 바라던 종식은 시선을 돌려 스테판을 쳐다보았다. 운동경기에서 주고받는 사인처럼. 술에 취하면서 눈에 띄게 말수가 줄고 침울한 표정으로 바닥만 바라보고 있던 스테판이 포수의 사인을 받은 투수처럼 기계적으로 입을 열었다.

"닥터 김은 나 기억 못하는 거 같아. 뭐 상관없어."

스테판에 관한 기억은 안개가 걷히듯이 조금씩 떠오르고 있었다. 그는 RGP 사무실 지하 데이터 분석실에 근무하던 해커였다. 물론 업무의 특성상 꼭 자리에 앉아있을 필요가 없었지만 지하 분석실에 내려갈 때면 하얀 얼굴을 벽면에 붙이고 긴 허리를 둘둘 말아 옆으로 비스듬히 누워 작업하는 그의 모습이 액자처럼 그곳에 있었다.

"닥터 김은 생태 전문가라 잘 모를 수도 있는데, 뭐, LISA(Laser Interferometer Space Antenna)라고 들어봤지? 2019년에 발사된 중력파를 감지하는 장치. 빅뱅의 순간에 생성된 중력파의 메아리를 쫓는 위성인데, 세 개의 위성이 한 변이 460만Km인 삼각형을 그리고 있어. 뭐 하여간, 여기서 나오는 중력파 데이터, 우리가 해킹해서 분석하다가 알았어. 블랙홀 말이야."

이 정도라면 내가 우주정거장에서 듣고 겪었던 일들에 대해 굳이 떠들 필요가 없어진 것이다.

"대충 다 알고 있겠군. 지금 무슨 일이 벌어지고 있는지."

스테판이 바로 말을 이었다.

"뭐 닥터 김도 알고 우리도 아는 얘기, 술자리에서 길게 하자고 꺼낸 건 아니고."

종식이 코냑을 자신의 잔과 내 잔에 부었다. 샴페인 잔에 가득히.

"내 잔이 넘치나이다!"

종식의 과장된 제스처는 곧 핵심으로 들어간다는 신호였다. 아니나 다를까 쭈욱 잔을 들이킨 그는 허리를 구부려 얼굴을 테이블의 중간으로 들이밀었다.

"우리 모두 죽는 거 맞지? 말해봐. 저 위의 애들 그렇게 판단하고 있지? 그래서 정지위성 뒤에 숨어 버러지처럼 주거시설 만드는 일에 더 박차를 가하고 있는 거지?"

나는 말없이 잔을 들어 입으로 가져갔다. 먼저 독한 양주의 향이 코를 후볐다. 분위기는 일순간 차가워졌다. 말없이 나를 바라보던 캐리가 가방에서 홀로그램 메모리를 꺼내 테이블 위에 올려놓았다.

"그 사실 확인하러 온 거야? 죽음이라면 다들 잘 알고 있잖아. 내가 다시 설명해줄 필요는 없을 거 같은데. 죽음이라는 거, 그저 최대치의 엔트로피 상태가 되는 거야. 너와 나를 구별할 수 없는, 모두가 뒤섞여 가장 큰 무질서도를 가지는 거지. 우리는 지구와 함께 조용히 블랙홀이 그어놓은 사건의 지평선을 넘으면 그만이야. 우리 모두가 동시에 겪는 일이라는 사실로 위안을 받는다면 다행이고. 사건의 이전과 이후가 전혀 소통할 수 없는 상태. 인과가 깨지는, 원인과 결과의 연결고리가 끊어지는 곳. 이게 바로 죽음이야. 뭐든 끊어져 알 수 없다는 사실 자체가 죽음 아닌가? 뭐 더 알려줄까?"

술기운 때문인지 나도 모르게 흥분해 뱉어버린 말들은 다시 주워 담을 수 없었다. 그들이 잊는 수밖에. 아니 억지로 잊지 않아도 곧 모두 잊을 터였다.

"아니, 그런 시답잖은 거 묻자고 멀리까지 온 거 아니야. 새로운 가능성에 관해 얘기해 보는 거지. 중호 너하고."

새로운 가능성이란 말은 오늘 새벽에도 들었던 말이었다. 찬드라로부터.

홀로그램 메모리가 작동하면서 몇 가지 시뮬레이션이 테이블 위에서 돌아가기 시작했고 캐리가 의도된 차분함으로 입을 열었다. 스테판은 자신의 빈 술잔을 채웠다.

"지름이 9Km인 블랙홀은 우리 우주에서는 만들어질 수 없어. 우리 우주를 구성하는 힘의 크기로는 말이야. 이렇게 작은 블랙홀이 생기려면 원자핵을 움켜쥐고 있는 강한 핵력이 우리 우주보다 조금 더 커야해. 이게 우리가 생각한 새로운 가능성의 시작이야."

눈발이 날리기 시작했다. 기상의 변화 때문일 것이다. 공기는 그리 차지 않았지만 가을밤의 문턱에서 만나는 굵은 눈발은 낯설었고 또 반가웠다. 눈의 궤적을 거꾸로 추적해 하늘을 올려다보았다. 구름이 다 채우지 못한 하늘, 그곳에는 오로라가 있었다. 연한 초록으로 발광하는 휘장이 하늘의 한켠을 장식하고 천천히 흔들리고 있었다. 천국에 문이 있다면 반드시 저런 형상이어야 했다. 에우리디케가 뒤를 따르고 있는지 돌아봐서는 안 되는 오르페우스의 눈앞에도 저렇게 죽음에서 벗어나는 오로라의 문이 있었을 것이다. 돌아볼 수 없는 뒤에는 가장 소중한 것이 있고 앞에는 손가락 사이를 빠져나가는 형언할 수 없는 아름다움이 버티고 있다면 그 팽팽한 균형에서 누군들 발자국을 뗄 수 있을까. 지상에서 오로라를 보는 일은 오르페우스의 노래를 눈으로 보는 일이었다.

D-2854h

"이유나 원인 같은 것은 물을 수 없는 일이 있어. 인간은 말이야. 너무 크고 너무 작고 너무 깊은 것들."

사뭇 감성적이 되어버린 나를 바라보는 종식은 좀 불안해보였다.

"물론 우리도 블랙홀이 왜 홀연히 나타났는지 알 수 없어. 그리고 '왜?'를 물어보는 건 종교야. 우리는 그런 걸 물어보려는 게 아니야."

"너는 아직도 자기중심적이고, 인간중심적이라고 생각하지 않나?"

"좋아, 뭐 이런 걸로 지루하게 따질 일 없지. 그러나 우리는 블랙홀이 어디서 왔는지 정도는 유추하고 있어."

"별 관심 없는데. 어디서 왔건 블랙홀은 블랙홀이지. 출신성분이 다르다고 해서 시공간을 바깥 방향으로 밀쳐내는 블랙홀은 없잖아? 그래서 우리가 묻지 못할 것들이 있다는 말인데."

캐리가 다시 나섰다.

"저 블랙홀, 우리 우주에서는 만들어질 수 없는 거야. 그렇다면 다른 우주에서 왔다고 생각할 수 있잖아."

"다른 우주?"

양자적 거품의 세계에서 시공간의 거품은 수시로 나타났다 사라지곤 한다. 대부분은 아주 짧은 시간 안에 사라지지만 어떤 거품은 충분한 에너지를 가지고 빠르게 팽창한다. 이 중에

장구한 세월을 품은 것도 있다. 이것이 우주이다. 어떤 우주는 빛으로 가득 차있고 또 어떤 우주는 물질이 공간을 휘어잡고 있으며 시간을 가진 우주도, 시간이 없는 우주도 있을 것이다. 원자만큼 작은 것에서 경계가 없는 무한히 큰 것도 가능하다. 이것이 바로 다중우주이다.

그러나 이 다중우주이론은 실험으로 확인하거나 인간 차원에서 가능성을 진단해볼 수 있는 사이즈의 가설이 아니었다. 확인할 수 없는 거대한 이론. 말 그대로 이론!

"맞아, 다른 우주. 서로 다른 시작을 가진 우주. 우리 우주는 빅뱅으로 태어났잖아? 서로 다른 태초를 가진 우주. 보통 다른 은하계 정도로 오해하고 있는데 은하만 해도 우리 우주에 1천억 개 정도 존재하잖아. 그 다른 우주는 우리 우주의 경계, 그러니까 우리 우주가 가진 137억 년이라는 시공간의 거품 바깥에 있을 수도 있고 바로 우리 코앞에 존재하고 있을 가능성도 있어. 단지 우리가 느끼지 못하는 거지. 느끼지 못한다는 것은 아무런 상호작용이 없다는 거야. 서로 상호작용을 만드는 구조가 다르면 가능한데, 시공간의 그물이 서로 겹치지 않는다고 할까?"

캐리의 설명에 멍하게 하늘을 바라보던 스테판이 끼어들었다.

"그물이 물고기하고만 상호작용하는 것처럼. 물은 그냥 지나치잖아? 장님은 가시광선을 알 수 없잖아? 그런 거 아닐까? 겹쳐진 다른 우주."

저들은 돌아가면서 노래를 부르는 보컬그룹의 멤버들처럼 한 번씩 이야기를 풀어놓고 있었다. 이번은 종식의 차례였다.

"한 달쯤 전에 우리가 발견한 게 있어. 에너지 구멍이야. 블랙홀이 태양과 서로를 바라보면서 회전하는 궤도 바깥 10만 Km 정도 떨어진 곳에 희미하지만 에너지를 빨아들이는 구멍을 찾았지. 아무 물질도 없는 그저 그냥 구멍이야."

뭔가 석연치 않았다. 이 셋이 모종의 결론으로 나를 몰고 가는 듯한 느낌. 그물이 쳐진 곳으로 몰이를 당하는 물고기의 기분과 비슷했다. 그러나 지금은 듣는 일만이 내 몫이었다.

"주변을 분석해본 결과 처음에는 에너지를 내놓더니 이제는 빠르게 에너지를 흡수하면서 작아지고 있어. 그 에너지 구멍 말이야."

"그런데? 그 구멍이 에너지를 흡수하던 뱉어내던 무슨 상관이 있다는 거지? 우리가 당면한 현실하고. 아주 작고 무기력해서 아무것도 할 수 없는 우리 인간이라는 종족하고."

애써 심드렁한 표정을 지으며 등받이로 몸을 기댔다. 그러자 캐리는 홀로그램 메모리를 조작해 다음 영상을 불렀다. 눈에 익숙한 회전하는 블랙홀이 점점 멀어지더니 시각화된 에너지 구멍이 모습을 드러냈다. 그 구멍은 가끔 번쩍이며 점멸하고 있었다. 캐리의 얼굴은 점점 상기되고 있었다.

"우리가 여기에 주목하는 이유는 닥터 김 말대로 우리가, 그러니까 인간이 뭔가 할 수 있는 부분이 생긴다는 거야. 그냥 멍하게 앉아서 신의 처분을 기다리는 상황이 아니라 지구와 우리 자신의 생존을 위해 뭔가 할 수 있는 여지가 있다는 거라고. 다시 생각해보면 우리의 움직임이 지구의 움직임이기도 하잖아? 우리가 하면 대지가 하는 거야."

바람이 잦아들자 눈발은 수직으로 그러나 아주 천천히 지상을 향했다.

"자칫, 지루해지고 있는데."

슬쩍 그들을 자극했다. 결론이 궁금하기도 했지만 점점 짙어지는 불안의 그림자가 나를 부추겼다. 캐리가 모든 짐을 지겠다는 투였다.

"우리는 이 에너지 구멍이 다른 우주와 연결된 통로라는 결론을 내렸어. 이유는 알 수 없지만 국소적으로 두 우주가 상호작용하는 지점이 생긴 거야. 서로 전혀 얽히지 않던 두 우주에 부분적으로 시공간의 결맞음 현상이 생긴 거라고 봐. 전혀 상호작용하지 않던 두 우주의 결이 부분적으로 얽힌 거지. 이것은 별이 수축해 생긴 블랙홀이나 같은 우주 안에서 먼 공간을 이어주는 웜홀이나 이런 것과는 차원이 다른 거야. 전혀 다른 두 우주에 갑자기 서로를 인식하는 다리가 생긴 거라고. 다른 해석은 가능성이 희박해. 우리의 지식으로는 말이야. 이 작은 블랙홀도 이곳을 통해 우리 우주로 들어왔다고 보고 있어. 그래서 에너지 홀은 한동안 에너지를 방출했던 것이고. 지금 에너지를 빨아들이고 있는 것은 어떤 평형을 맞추고 있는 것 같아. 뭔가를 뱉었으니까 다시 빨아들이고 있는 거지. 그리고 에너지 평형이 맞춰지면 구멍은 사라질 거야."

"그래서?"

"우리 계산으로는 말이야, 지구가 그 에너지 구멍으로 궤도를 맞추고 있는 것 같아. 블랙홀이 가진 사건의 지평선 바깥을 스치듯 지나 에너지 홀을 향하고 있다고. 지금. 최소한 우리는 그렇게 믿고 있어."

"……!"

아무 말도 할 수 없었다. 우주관리국에서 나온 계산 결과는 지구가 자살하는 궤도, 그러니까 사건의 지평선으로 바로 향한다는 것이었다. 그러나 RGP는 그와 비슷하지만 다른 가능성을 제시하고 있다. 누구를 믿어야할지 혼란스러웠고 또 뭔가에 맞은 기분이었다. 술기운 때문인지도 몰랐다. 그리고 얼마의 시간이 지났는지 모두 기억이 없다.

"우주관리국에서 나온 계산 결과는 다르던데?"

"우리의 계산 능력을 못 믿는 건가? 아마도 자기들이 지구 곳곳에서 자행했던 핵폭발의 진동을 계산에 넣지 못했을 거야. 자기 걸음 속도를 계산하면서 자신의 발 크기를 계산에 넣지 않은 거지."

이 상황을 받아들이려면 잠시 시간이 필요했다. 아니 받아들이기 어려웠다. 그러나 어찌되었건 달라지는 것은 없는 것 같았다.

"그래서? 지구가 여기가 아닌 다른 우주를 향한다면 거기서 우리는 살아있는 걸까? 그곳이 어떤 환경인지, 주변에 항성은 있는지, 궤도는 안정될지 아무도 모르잖아? 무엇이 우리를 맞을지 알 수 없다는 점에서 죽음과 그리고 저 블랙홀을 넘어서는 일과 다른 우주를 향하는 일, 이들이 다를 게 뭐가 있지?"

"이제 믿음뿐이야. 우리를 품고 있는 대지에 대한 믿음! 또 들어봐. 태양계는 이미 헝클어진 상태야. 차라리 우리가 아무 것도 모르지만 새로운 우주에서 자리 잡는 게 나을 수도 있다고 판단한 건 아닐까? 누군가 말이야."

"누군가?"

"글쎄, 신일 수도 있고, 물론 종교에서 말하는 유일신은 아니야, 자연 전체를 유기적으로 움직이는 어떤 정신이라고 할까? 나는 이렇게 생각하는데, 그렇다면 대지의 신인 가이아일 수도 있고. 하여튼."

캐리는 사뭇 경건했다. 마치 새로이 종교를 바꾼 신도의 표정이었다.

"그렇다하더라도 우리가 할 수 있는 게 뭐지? 우리는 그냥 가만히 처분을 기다려야 하는 작은 존재 아닌가? 우리가 아는 것과 모르는 상태의 차이가 없잖아."

종식은 다급한 표정이었다.

"그런데 문제가 있어. 에너지 홀이 작아지는 속도를 계산해 봤는데 지금 상태라면 지구가 도착하기 전에 사라질 거 같아."

"그럼 이미 논의는 끝났는데? 우리는 때 아닌 눈을 즐기면서 남은 술이나 비울 수 있고."

종식은 다시 내 얼굴 가까이 다가오며 손가락으로 하늘을 가리켰다.

"저거!"

무슨 내용인지 확실하게 알 수는 없었지만 낚시 바늘에 딱 걸린 기분이 나를 덮쳤다.

D-2850h

다시 찾아온 새벽, 침대에 누워 찰스와 연결할 수 있는 통신 포트를 만지작거리고 있는 나 자신을 발견하고 깜짝 놀랐다. 그리고 조용히 방바닥에 내려놓았다. 그에게 연락하는 순간은 내가 운명 같은 결정을 내린 후일 것이다. 그러나 이상하게 손은 그것을 만지고 있었다.

담요를 두르고 웅크린 인숙은 거실 소파 위에서 잠들어있었다. 내가 방문을 여는 인기척에 놀랐는지 아니면 말을 듣지 않는 신경세포의 반란 때문인지 인숙의 어깨는 움찔거렸다. 소파에 앉아 조용히 인숙의 어깨를 감싸고는 팔로 지긋이 눌렀다. 조금 진정되는 듯했다. 버릇처럼 인숙의 코 가까이 손을 가져갔다. 작은 돌을 돌아 흐르는 냇물처럼 손가락 사이로 미지근한 호흡이 흘렀다. 그들은 다시 나에게 짐을 던져놓았다. 그렇게 옭아매고는 어둠 속으로 돌아갔다.

정지위성에 설치된 태양전지와 여기서 만들어진 전자를 대량으로 방출할 수 있는 전자총은 인간의 손으로 만든 가장 거대한 구조물이었다. 이 전자총으로 대량의 전자를 방출한다면 에너지 홀이 작아지는 것을 지연시킬 수 있다는 것이 RGP의 결론이라고 말하는 종식의 눈은 메시아를 바라보는 사도의 것이었다. 하나의 순교를 만들기 위해 가장된 엄숙과 함께.

그들은 다른 우주와 우리 우주가 에너지 평형을 맞추면서 천천히 작아지는 에너지 홀에 인위적인 에너지 충격을 가하면 에너지의 흐름이 불안정하게 되면서 홀의 크기를 유지할 수 있다는 이론을 가지고 있었다. 두 칸으로 나누어진 수조에 물이 담겨 있고 둘은 약간 수위가 다르다. 그리고 수면 근처에서 둘 사이를 막고 있는 칸막이에 구멍을 내면 자연스레 수위가 높은 쪽에서 낮은 쪽으로 물이 흐른다. 그리고 수위가 같아지면 이내 흐름은 없어질 것이다. 그들의 이론은 흐름이 없어지기 전에 높은 쪽의 물을 흔들어 반대쪽으로 더 많은 물을 넣는 것과 비슷했다. 그러면 다시 흐름이 만들어지고 흔들리는 진자의 운동처럼 한동안 오고감을 반복하면서 에너지 홀이 닫히는 것을 막을 수 있다는 가정이었다.

UN은 주거시설을 갖춘 소행성 루터에 소수의 사람들만을 태우고 서둘러 지구의 영향권에서 벗어나려하고 있다. 그리고 지구가 가지고 있는 새로운 가능성, 그러니까 에너지 홀과 이를 이용해 다른 우주로 탈출할 수 있다는 새로운 가정에 대해서도 분명하게 알고 있을 것이다. RGP가 가지고 있는 대부분의 자료는 UN을 해킹해서 얻고 분석한 것들이니까. 혹여 우주관리국이 모르고 있다면 UN 내부에서도 철저하게 정보를 차단하고 있으면서 필요한 부서에 필요한 만큼의 정보만을 흘리고 있기 때문일 것이다.

그러나 결론은 확실했다. UN이 두 우주를 잇는 에너지 홀로 지구가 통과하도록 힘을 모을 가능성은 전혀 없다는 것이다. 인류 전체를 위해, 인류 전체와 함께 아무것도 알 수 없는 불확실한 미래를 선택하는 일과 소수가 남을지언정 확실한 생존의 방법이 있을 때 이들이 무엇을 선택할지는 불 보듯 뻔한 사실이었다.

RGP는 내게 구체적인 계획을 말하지 않았다. 하지만 계획이 복잡할 이유는 없었다. 거대한 태양전지와 전자총을 가지고 있는, 그리고 거대한 주거시설을 갖춘 그들의 정지위성이 지구의 영향권에서 벗어나지 못하는 상황만 만들어진다면 자연스레 다음 살길을 찾을 것이기 때문이다. 대다수의 인류와 함께 그들도 구석에 몰린 쥐의 상황에 빠지면 끝이었다. 그들에게 선택의 여지가 없어질 때 인류가 만든 거대한 에너지원을 다른 우주로 통하는 에너지 홀에 겨눌 수밖에 없을 것이다. 우리가 상상할 수 있는 모든 인과들 중에서 유일하게 인간이 할 수 있는 일이니까.

종식을 비롯한 RGP 회원 셋은 자신들이 말이 끝나자 지체 없이 돌아갔다. 빈 술병과 그들이 내게서 듣지 못한 대답만 남자 눈발도 지상으로 내리는 일을 그만 두었다.

저 위! 정지위성에 올라갈 수 있는 사람은 오직 나뿐이라는 사실. 나와 죽어가는 인숙.

159

D-2845h

뇌에 형성된 기억망에 인위적으로 손댄 후부터인 것 같았다. 자꾸 우울해졌다. 정확하게 말하자면 좀 더 우울해지고 정서도 공격적으로 변해있는 나를 발견하는 순간이 많았다. 전부가 죽음을 직면하고 있는 상황에서, 또 그 죽음의 시간까지 알고 있는 사람이 쾌활하다면 그것도 정상으로 보기 어렵겠지만 지금 만나는 우울은 스스로 느끼기에도 병중에 가까웠다. 인숙의 몸이 제멋대로 움직일 때에는 그저 꼭 끌어안아 주는 일이 내가 할 수 있는 전부였다. 그러나 상황이 지나고 나면 가슴 아래쪽에서 뜨거운 것이 치솟았다.

바로 얼마 전까지만 해도 나는 죽음을 각오하고 우주엘리베이터에 매달려 있었다. 그 미미한 죽음의 대가로 누가, 무엇을 얻을 수 있었을지 지금은 기억조차 할 수 없지만 죽음의 의미에 관해서는 알고 있다고 생각했었다. 그러나 그저 바닥없는 우울만 남아있었다.

우리가 죽은 이를 떠올리는 일은 물론 고통스럽다. 그러나 그렇게 쌓인 상실과 고통은 사람들 사이를 잇는 가교였다. 과거의 사람과 현재, 미래의 사람을 동여매는 끈은 죽음이라는 타래에서 풀렸다. 이렇게 생태계는 죽음을 기반으로 순환하고 산자와 죽은 자가 기억으로 연결됨으로 새로운 생명이 탄생할 수 있는 것이다. 이성으로는 충분히 이해할 수 있다. 그러나 생명의 코앞에 닥친 예고된 죽음은 딱 하나의 결과만을 허락하고 있다. 발버둥, 할 수 있는 모든 수단을 동원해 죽음으로부터 멀어지려는 발버둥, 멀어지고 있다고 믿고 싶은 정신적인 발버둥, 그리고 닥친 현실을 잊으려 무엇이라도 해야 하는 발버둥, 그러니까 지금 여기를 보면 생명으로 죽음을 받아들이는 자세는 오직 발버둥밖에 없는 듯했다.

공허를 똑바로 바라볼 수 없어서, 그렇게 외면하려 인간은 뭔가를 한다. 공허한 삶 앞에서, 공허한 죽음 앞에서 애써 모른 척하며 뭔가를 한다. 뭔가를 하기 위해 의미라는 것을 만든다. 인간의 짓이다. 그렇다면 유일하게 의미 있는 일은 공허와 싸우는 일, 그것과 눈 맞추는 일, 흐린 가을 해를 똑바로 쳐다보는 일. 뭐든 못할 일도 없었다.

D-2677h

키토에 위치한 우주엘리베이터의 지상 기지까지는 터널형 자기부상열차로 이동하는 방법이 유일한 접근법이었다. 우주엘리베이터 주변으로 항공기의 접근이 엄격하게 제한되어 있기 때문에 가장 가까운 키토의 공항도 60Km 이상 떨어진 곳에 위치해 있었으며 차량으로 접근하는 방법은 거의 불가능할 정도로 도로사정이 좋지 않았다. 물론 에콰도르가 가진 고지의 특성 때문이라고 생각할 수도 있지만 도로를 만드는 일이 기술적인 문제는 아니었다. 진정한 천문학적인 단위의 자본이 투입된 인류 최대의 토목공사가 우주엘리베이터 사업이었다. 이에 비하면 지상 기지에 접근하는 도로를 건설하는 일은 바닥에 떨어져 아무도 줍지 않는 동전만큼의 가치도 가지지 못하는 자본이었다. 이런 운영환경은 우주엘리베이터를 건설하고 운영하는 UN과 SDU가 원하는 것이었다. 자신들이 아닌 다른 주체는 접근할 수 없는 시스템을 그들은 원했다. 철저한 검증을 거치고 전용열차에 탑승하는 사람들만이 그들의 시스템에 다가갈 수 있었다.

한마디로 말하자면 끝없이 이어진 투명한 빨대였다. 에콰도르의 서해안에 위치한 에스메랄다스에서 출발해 키토의 북쪽을 돌아 해발 5,800m에 이르는 사화산인 카얌베의 정상으로 이어진 자기부상열차의 진공 튜브를 보면 드는 생각이었다. 카얌베의 정상 주변에 건설된 우주엘리베이터의 지상 기지에 이르는 300Km 길이의 궤도는 지구가 가지고 있는 여러 환경을 압축해 보여주는 보기드믄 드라마틱한 길이었다. 우주엘리베이터가 건설되면서 정지위성으로 올라가는 엄청난 양의 화물을 감당하기 위해 크게 확장된 에스메랄다스 항을 떠나며 처음 만나는 기후는 적도의 열대가 가진 *끈끈함*과 *후끈함*이다. 시속 400Km에 달하는 열차는 한동안 울창한 원시림 사이를 헤맨다. 그 진한 초록에 잠깐 정신을 놓은 사이 창밖의 풍경은 고도가 높아지면서 극적으로 변화해 온대지방의 쾌적한 봄의 환경을 만난다. 그리고 키토의 공항에서 출발한 궤도와 합쳐질 즈음에는 나무가 없는 넓은 초원지대를 달리고 있는 자신을 발견한다. 빠르게 고도가 높아지면서 발생하는 기압차를 열차가 부드럽게 조절해주지 않았다면 꽤 오랜 시간동안 압력차로 생기는 후유증에 시달릴 수밖에 없는 급격한 환경의 변화이다. 풍경은 마치 과학관에서 압축해 보여주는 각지의 자연영상처럼 지난다. 이런 혼란이 채 끝나기 전에 눈앞에 만년설을 얹고 있는 고봉이 다가오면 모두 넋을 놓을 수밖에 없는 여로이다. 지구를 떠나기 위해 모이는 사람들에게 지구는 압축된 자신의 모습을 보여주면서 그들의 혼을 빼앗아 갔다. 열차에 오른 후 40분이 지나가면서 속도가 줄고 있다고 느끼는 순간, 커다란 원호를 그리며 왼쪽으로 몸을 트는 열차는 다시 그로테스크한 그림의 한가운데로 들어선다.

종식과 그 일행이 우리 집을 방문해 가슴에 무거운 돌을 얹어놓고 떠난 지 꼭 일주일이 지났다. 무거운 것은 진실이 아니라 생존이었다. 살아있으려는 본능만큼 무거운 것은 없었다. 그러나 마음이 굳은 이상 멈칫거릴 이유도 없었다. 찰스에게는 간단하게 연락했다. 올라가겠노라고, 회신도 간단했다. 'See You in Luther.'

인숙에게는 찰스가 보내온 아포토시스에 관한 임상보고서만을 보여주었다. 저 정지위성으로 올라가면 병이 호전될 것이라는 사실 하나만으로도 나와 인숙이 올라갈 이유가 충분하다는 사실만을 각인시켰다. 그러나 인숙은 내켜하지 않았다.

"나는 이미 내 곁에 무엇이 있든 편안해. 그런데 갑자기 왜 올라가자는 거야? 그 먼 곳에?"

인숙의 질문에 아무 말도 할 수 없었다. 그러자 인숙은 더 이상 묻지 않았다. 그저 큰 눈망울을 바닥에 고정하고 가방을 만지작거렸다.

하늘에서 내려온 실 가닥이 만년설이 쌓인 카얌베의 왼쪽 어깨 부근에 닿아있는 모습이 보이기 시작하면 열차는 더욱 급격하게 상승하기 시작한다. 산의 허리를 감으면서 허공으로 오르는 진공 튜브의 각도는 거의 이륙하는 비행기의 것과 맞먹을 정도였다. 말 그대로 하늘로 날아오르는 열차였다. 차이가 있다면 그 순간부터 열차의 속도는 점점 줄어들기 시작한다는 것. 정지위성으로 가는 자재들을 실은 화물칸만 100량에 달하고 길이가 3Km에 이르는 긴 자기부상열차가 투명한 튜브 속에서 하늘로 솟아오르는 장면을 주변에서 보는 사람이 있다면 한 세기 전에 있었던 만화를 떠올렸을 것이다.

그러나 더 비현실적인 그림은 하늘로 점점 다가오는 우주 엘리베이터와 그 출발점인 지상 기지였다. 인간의 흔적을 찾아볼 수 없는 대자연의 심장부에서 만나는 뜻밖의 인공물, 땅에서 출발해 하늘과 연결된 실 하나가 시간이 지나면서 조금씩 자신의 굵기를 불리기 시작하는 장면, 하늘과 연결된 끊어질 듯 가늘던 선 하나가 점점 부피를 가진 거대한 구조물로 자라는 모습을 처음 접했을 때에는 누구도 자신이 탄성을 흘리고 있다는 사실을 알아채지 못했다.

우주엘리베이터의 긴 터널은 맑은 날 바라보면 멋진 풍경사진에 누군가 수직으로 줄을 그어 놓은 것처럼 현실감이 없었고 산을 감싸고 구름이 낀 날이면 구름을 뚫고 땅으로 내려오는 신탁의 통로를 보는듯했다. 한순간 비현실적인 한 장의 성화(聖畵)를 보는 경건한 마음이 들다가 만년설 뒤에 숨어 끊어질 듯 이어졌던 선 하나가 하늘로 이어진 지름 40m의 거대한 통로로 변해가는 모습은 보는 사람 모두에게 어떤 공포감을 심어 주었다.

우주엘리베이터의 첫 승객 이벤트로 카얌베의 정상에 왔던 한 신학자는 인간의 손으로 만든 하늘에 닿는 통로를 보고는 두려움에 떨다가 그 자리에서 심장마비로 죽었다. 밤이면 마주보는 지평선 위로 북극성과 남십자성을 함께 볼 수 있는 곳, 지구를 떠나기 위해 다다른 대지의 끝이 정말 세상을 떠나는 자리가 된 것이다. 이 사건으로 많은 종교인들이 이곳을 찾는 일을 두려워하기 시작했으며 우주엘리베이터는 하나의 사회, 심리적 현상으로 자리 잡았다. '바벨 트라우마'라는 의학용어는 바로 우주엘리베이터 때문에 생겨났다. 이 정신적 현상은 인간이 자연이나 신에 가져야할 근본적인 경외심을 내동댕이친 대가로 어떤 식으로든 되갚음을 당한다고 믿는 공포 신드롬이었다. 그러나 일각에서는 크로마뇽인에게나 어울리는 근거 없는 샤먼적 공포라며 일축하는 사람들도 있었다.

그러나 지금, 죽음을 앞둔 지구의 상황을 아는 사람이라면 이들 중 누구의 말이 맞는지 결론을 내릴 수 없는 아이러니 앞에서 난감해할 것이다. 한동안 세계를 뜨겁게 달구었던 이 논쟁은 그러나 예상보다 빠른 시간에 사그라졌다. 부담을 느낀 UN과 SDU에서 모든 정보를 차단했기 때문이다.

카얌베의 왼쪽 어깨를 감고 돌면서 산을 오르던 자기부상열차가 마지막 능선을 돌아서면 지상 기지의 아랫부분이 모습을 드러냈다. 그곳에는 50층의 높이를 가진 불투명한 흰색의 원형건물이 만년설이 덮인 비탈 한가운데 꽂혀있었다. 말 그대로 신이 힘껏 꽂은 흰 말뚝이 눈 쌓인 정상에 박혀있는 형상이었다. 건물의 위쪽 부분에서 뚫고 나온 우주엘리베이터의 터널은 곧바로 하늘을 향해 치솟았다. 대지에 머리를 박고 있는 거대한 거미가 설산 카얌베라면 가장 날 선 거미의 끝이 하얀 지상 기지이고 거기서 하늘로 뻗은 우주엘리베이터는 그들이 만든 거미줄이었다. 아니 바벨의 씨줄일지도 몰랐다.

D-2676h

인숙은 사흘 전에 먼저 정지위성으로 떠났다. 한시라도 빨리 병증을 개선시켜야한다며 찰스는 광저우에서 출발하는 셔틀에 자리를 내어주었다. 그러나 그의 제안은 나에게는 호의라기보다 볼모에 가까웠다. 그 사실을 알면서도 나는 같이 출발할 수 없었다. 떠나기 위해서 남은 일이 있었기 때문이다. 저승을 향해 떠나는 오르페우스의 손이 리라를 움켜쥐고 있어야하듯 나는 루터로 떠나기에 앞서 내 머릿속에 파괴의 씨앗을 심어야 했다.

우주엘리베이터에 탑승하고 정지위성 루터까지는 9일이 걸렸다. 사람이 탄 엘리베이터 캡슐은 상대적으로 저속인 시속 200Km로 움직이고 보급을 위해 중간 중간 궤도별 포트에 정지하는 시간이 필요했다. 지상에서 죽음까지의 거리, 신화는 그 깊이를 말하고 있었다. 대장간에서 쓰는 망치받이 모루가 지상에서 저승까지 떨어지는 시간 또한 아흐레였다.

지구에서 발을 떼는 순간마다 아주 복잡한 감정이 덮쳤다. 셔틀의 로켓 추진체가 흔들어대는 진동에 얹혀 떠나든 우주엘리베이터에 실려 천천히 떠오르든 가장 먼저 찾아오는 감정은 두려움이었다. 내가 지금 떠나는 이 땅에 다시 돌아올 수 없을 것 같은 두려움은 곧 의심으로 바뀌고 떠나서는 안 된다는 확신이 드는 순간, 안전벨트를 벗고 뛰쳐나가고 싶은 충동을 억누르기 힘들다. 그때 셔틀은 미친 듯 떨기 시작하고 우주엘리베이터는 덜컹, 한 번의 짧은 추락으로 정신을 흔든 후 위로 오르기 시작한다. 카론의 나룻배가 어슬렁거리는 비통의 강 아케론에 발목이 빠지는 순간이다.

복잡한 수속은 에스메랄다스에서 열차에 탑승하기 전에 이미 마친 터였다. 바로 탑승게이트로 이동하라는 안내가 떴다. 열차에서 내리자 첨단 시설이 다 막지 못한 한기가 먼저 얼굴을 후렸다. 이런 차가운 환대가 아니더라도 탑승객들의 표정은 하나같이 굳어있었다. 몇몇의 엔지니어를 제외하면 이들 대부분은 지구를 떠나 정지위성 루터에 정착할 NG-2 프로젝트에 선별된 이들이었다. 그러니까 이들은 정말 영원히 지구를 떠나는 사람들이었다. 아니 그렇게 믿는 사람들이었다.

얼핏 보아도 열에 여섯이 젊은 백인 남녀인 탑승객들은 영원히 허공으로 추방되는 사람들치고는 짐도 별로 없는 가벼운 차림이었다. 가끔 눈에 띄는 젊은 부부에게 안긴 아기만이 어리둥절한 표정으로 주위를 둘러보았고 모두들 자신들이 가야할 목적지를 잘 알고 있는 듯 비장한 표정으로 앞만 보고 걸었다. 엘리베이터 탑승게이트는 21이라고 표시된 공간이라는 안내가 흘러나왔다. 사람들은 말없이 걸었다. 길은 환하게 밝혀진 외길이었다. 문득 예전에 사용되었다는 가축도살시스템이 떠올랐다. 스트레스 없이 죽은 고기를 얻기 위해 점점 밝아지는 외길을 걷는 가축들은 희망에 차 빛을 향해 나아가다 한순간 발목을 꺾으며 고꾸라진다.

승객들은 체내에 이식된 칩으로 전송된 데이터로 각자에게 배정된 엘리베이터까지 소리 없이 인도되었다. 나처럼 자동으로 인식되지 않는 사람들은 팔목에 찬 휴대기기가 약한 전기신호로 방향을 안내했다. 내가 배정된 게이트에 도착하자 그곳에는 네 명의 남성이 의자에 앉아있었다. 두 명의 백인, 흑인 한 명, 그리고 나이 지긋한 동양인이 한 명이 모두 같은 정도의 긴장된 표정을 짓고 또 지우려 애쓰고 있었다. 혼자 떠나는 남성들을 위한 엘리베이터로 이들이 9일 동안 함께 지내야하는 사람들이었다. 서로 눈을 마주치자 가벼운 목례를 나눴고 그때 1분 후에 엘리베이터가 도착한다는 메시지가 떴다.

이곳도 떠나는 곳이었다. 비록 보내는 이의 아쉬움은 없을지언정 예전의 모든 역들이 그랬듯 떠나는 이의 어깨에 짐처럼 얹힌 미련과 두려움을 두 눈으로 확인할 수 있었다. 서로의 짐을 확인하는 일은 거울에서처럼 자신의 짐을 보는 일이었기에 모두들 제대로 눈을 마주치지 못했다. 또 하나 우리 몸에 익숙한 크기의 중력과도 이별하는 곳이었다.

조용히 엘리베이터의 문이 열렸다. 반경 3m정도의 타원형 바닥에 다섯 개의 회전의자가 고정되어 있었다. 천정의 높이는 6m는 됨직했으며 바닥과 천정을 제외한 모든 타원의 벽면은 투명한 소재였다. 이제 저 투명한 창을 통해 점점 멀어지는 지구와 지구를 감싼 암흑의 강, 그리고 깊이 없는 적막을 알몸으로 진저리치며 바라보게 될 것이다. 벽면의 곳곳에 캡슐형 침대가 붙어있었다. 마치 유리벽에 붙어있는 커다란 곤충의 알들을 바라보는 기분이 들었다.

엘리베이터의 내부 구조는 출발 후 1시간 안에 맞게 되는 무중력의 환경에 맞게 설계된 것이다. 중력 환경에서는 다섯 명이 생활하기에 좁아 보이지만 무중력 환경에서는 엘리베이터 안의 모든 공간을 자유롭게 떠다니며 사용할 수 있기 때문에 결코 좁은 공간은 아니었다. 벽에 고정된 침대가 다섯 개, 한쪽으로 격리된 화장실 하나, 식품이 정장되어있는 캐비닛이 하나 있었다.

출발시간을 알리는 메시지가 떴지만 나는 의자에 앉지 않고 투명한 벽에 손을 짚고 아래쪽을 바라보았다. 그곳에는 커다란 구멍이 입을 벌리고 있었다. 대륙의 지각을 10Km 이상 뚫고 내려간 지름이 50m에 이르는 거대한 구멍, 이 구멍에는 우주엘리베이터를 지구 쪽에서 고정하는 수많은 핀이 박혀있으며 그리고 남은 빈 공간으로 엘리베이터들이 바쁘게 오르내리고 있었다. 층층이 빛과 어둠이 교차되면서 끝없이 이어진 지하의 구조에 현기증이 일었다. 덜컥, 출발을 알리는 한 번의 흔들림과 함께 엘리베이터는 허공을 향해 가속하기 시작했다. 엘리베이터가 지상 기지 위로 떠오르자 동쪽의 이름 모를 화산의 등 뒤로 서서히 떠오르는 해의 짧은 비명이 투명한 벽을 뚫고 들어와 부서졌다.

D-2675h

엘리베이터는 지상으로부터 100Km 지점을 통과하고 있다. 푸른색이었던 하늘은 이미 진공의 암흑으로 변해있었고 태양은 정면에서 우리를 노려보고 있었다. 엘리베이터의 벽은 스스로 밝기를 조정해 대기층을 통과하지 않은 날것의 전자기파들 중 인체에 치명적인 파장들을 걸러냈다. 이제 어느 방향을 보더라도 지구의 둥근 끝선을 볼 수 있었다. 상승하는 엘리베이터의 속도가 일정해지고 지구와 거리가 멀어지자 몸은 점점 가벼워지기 시작했다. 아직 발은 엘리베이터의 바닥에 붙어있지만 거의 부담을 느끼지 않을 정도의 힘이었다. 지구궤도에서는 고도에 따라 계속 필요한 속도가 달랐다. 이 정도 고도이면 군사목적의 위성이 지구를 관측하는 저궤도이다. 지구와 정지위성을 직선으로 이어놓은 우주엘리베이터는 일정한 각속도를 유지하고 있기 때문에 점점 고도가 올라가면서 궤도별로 불규칙한 힘을 받는다. 따라서 지속적인 충격을 받지 않도록 몸을 벽과 연결하고 있어야했다. 몸이 한쪽방향으로 지긋이 힘을 받고 있기는 하지만 점점 익숙한 무중력 상태에 이르고 있었다. 냄새 하나로도 사람의 기억은 수십 년을 건너뛴다. 얼마 전까지 무중력 상태에서 작업을 하던 내 몸은 자연스레 여러 장면들을 기억의 광장으로 꺼내왔다. 여기는 내가 폭파하려했던 우주엘리베이터 안이었다. 아포토시스, 블랙홀, 뵈클린의 그림에 서있던 사이프러스, 검은 강, 허망한 우주.

서울에 있는 RGP 한국지부 사무실에서 만난 스테판의 표정은 심드렁하고 사무적이었다. 한 개의 삶과 한 개의 죽음이 걸린 비장함으로 정지위성에 올라가기로 한 내게 뭐 그리 심각하냐는 듯한 표정이었다.

"아니 뭐, 저기 올라가서 대단한 액션영화라도 찍을 줄 알았어? 그냥 정지위성에 달린 핵추진체만 못 쓰게 하면 되는 건데."

어렵게 마음을 다잡은 사람을 무색케 하는 태도였다. 무엇을 해야 할지 긴장될 수밖에 없는 상황이었지만 그의 태도는 뜻밖이었다.

"그래서?"

"우주복을 입고 중력도 없는 소행성의 벽에 달라붙어 거창한 전쟁을 치를 필요는 없다는 얘기야. 그냥 발아(發芽)프로그램 하나 심는 거야."

그는 길이 5mm인 투명한 플라스틱 조각 하나를 내 앞에 내어놓았다.

"그냥 이거 두피 안에 넣고 뇌스캔만 받으면 돼. 다른 일 할 것 없다구. 그리고 그 먼 곳에 계시든지 지구로 내려오시든지 마음대로 하세요."

스테판의 설명을 이랬다. 이 발아프로그램은 스테판이 프랙 탈 이론을 기반으로 생물의 발생과정을 흉내 내어 개발한 신기 술이었다. 오로지 작은 씨앗 하나가 적당한 환경이 주어지면 고유의 패턴으로 자기를 증식해 생명을 가진 개체를 만드는 과 정을 본뜬 프로그램이다. 흙속에 작은 씨앗을 심듯, 시작은 컴 퓨터와 연결된 입력장치에 아주 작은 디지털 신호를 넣어주는 것이다. 10KB정도의 작은 신호는 어떻게 자신을 복제해나갈 지를 결정하는 소수(素數)의 비율과 환경을 감지해 복제를 시 작하라는 명령을 내리는 스위치프로그램으로 구성되어 있다.

스캐너를 비롯한 여타의 입력장치에 이 발아프로그램의 코 드가 입력되면 이 작은 프로그램은 기억장치를 찾아 자리를 잡 는다. 그리고 기억장치에 흐르는 미미한 전기에너지가 확인되 면 바로 증식을 시작한다. 씨앗이 물과 적당한 온도를 만나면 세포분열을 시작하는 원리와 같다. 반복되는 자기복제는 특정한 패턴으로 자신을 복제해나가면서 애초의 목적에 맞는 특정한 프로그램으로 자라난다.

　이번 경우에는 정지위성 루터에 설치되어 정지위성을 지구의 중력권에서 벗어나게 해줄 핵추진체를 멈추는 프로그램으로 자랄 것이다. 이 프로그램은 네트워크의 기억장치에서 충분히 자기증식을 마친 후 바로 추진체와 연관된 프로그램 모듈을 찾아내고 그곳으로 돌진한다. 그리고 기존의 프로그램과 결합해 변종의 프로그램으로 자신을 바꿔버릴 것이다. 이런 국면을 맞는다면 모든 시스템을 껐다 컨다 해도 새롭게 전체 시스템의 OS 자체를 다시 세팅하지 않는 이상 시스템은 작동하지 않는다. 이것은 오랜 역사를 가진 컴퓨터바이러스 중에도 가장 작고 가장 신속하면 가장 치명적인 형태의 바이러스라고 할 수 있다. 스테판은 이런 발아프로그램을 무선 데이터의 형태로 쏘아 시스템에 강제로 넣는 기술을 개발 중이라며 씨익 웃었다. 그렇다면 이제 안전한 시스템은 아예 존재하지 않는 것이다. 물론 지구가 지금의 형태로 더 존재해야 의미를 가지는 일이지만.

　오른쪽 눈썹 위 두피 안에 심어놓은 작은 플라스틱 조각은 별다른 이물감이 없었다.

D-2651h

24시간이 지났다. 지상 400Km, ISS가 돌고 있는 저궤도 포트에서 백인 승객 한사람이 내려 도킹해있던 셔틀로 옮겨 탔다. 무중력 상태에서 능숙하게 이동레일을 따라 문을 나서던 그는 처음이자 마지막으로 지구를 떠나는 대다수 사람들 사이에서 유독 편안한 표정을 짓고 있던 사람이었다. 엘리베이터 문밖에서 이동레일에 매달려 그를 기다리고 있던 남자의 사뭇 진지한 표정으로 짐작컨대 SDU에서도 꽤 지명도 있는 사람인 듯했다.

지상으로부터 3000Km 지점을 지나고 있다. 거대한 파랑으로 압도하고 있던 지구는 이제 위아래, 좌우로 두 개씩의 시야면 다 볼 수 있을 만큼 작아졌다. 아니 작아진 것이 아니라 조금 멀어졌다. 멀어졌을지언정 연결은 그대로였다. 차이가 있다면 지구의 박동소리가 조금 애잔해진 것 정도였다. 지금 여기서 내가 할 수 있는 일은 아무것도 없다. 이런 처지가 오히려 안도감으로 나를 감쌌다.

D-2620h

다시 31시간이 지났다. 침대캡슐에 몸을 고정시키고 자다 깨다를 반복한다. 무슨 일인지 정지위성 루터와 무선통신은 방

해를 받고 있었다. 엘리베이터를 통한 유선통신도 제한되고
있었고, 그러니까 먼저 정지위성으로 올라간 인숙과 전혀 연락
할 수 없는 상황이었다. 지구는 이제 한눈에 자신의 모습 전부
를 보여줬고 태양이 지구 뒤에 숨는 시간은 점점 짧아졌다. 지
구와 멀어지면서 밤이 짧아지고 있는 것이다. 그러나 밤과 낮
의 구분은 이미 의미가 없었다. 태양이 보이는 시간이라고 해
도 밝게 빛나는 태양에서 시선을 돌리면 어둠이 지배하는 허공
의 전형적인 모습이었다. 이곳은 이랬다. 밝게 빛나는 무엇이
있으며 어둠이 있었다. 지구에서 느끼는 환하게 머무는 빛의
향연은 없었다. 암흑이 있었고 별이 있고 또 암흑이 있었다. 시
름의 강 코키투스를 건너는 한 사내의 뒷모습이 어른거렸다.
정신은 초점을 잃어갔다.

D-2598h

　22시간을 보냈다. 지금까지는 시간이 흘러갔다고 생각했다.
아니 생각할 겨를도 없이 여기에 있는 내가 시간을 흘려보냈다
고 느꼈다. 그러나 이렇게 오래 지속되는 정신적 진공, 그러니
까 주어진 일도 아무 자극도 없는 무허진공의 경험은 시간이라
는 존재를 다시 각인시켰다. 나는 여기에 있고 시간이 흐른 것
이었다. 지나는 시간이 나를 거들떠보지 않고 스쳐 갔다는 사
실을 혼몽 중에 깨닫자 시간과 연결고리가 끊어졌다는 걷잡을

수 없는 불안이 들이닥쳤다. 저승으로 가는 길에 만나는 세 번째 강, 불의 강인 플레게톤을 건너는 망자의 분노가 지금 나의 것이다. 연결이 끊어진 나, 존재는 다름 아닌 연결이었다는 사실이 너무 절박하게 다가왔다. 연결이 끊어진 한 순간, 여기 있되 나는 이미 존재가 아니다. 연결이 있었기에 삶은 선택의 과정이었고 그저 수용해야만 하는 죽음은 어떤 연결도 모두 암흑이었다. 블랙홀이었다.

D-2540h

어두움 속에서 다시 58시간이 지났다고 알려주는 것은 시계의 숫자뿐이었다. 이곳의 풍경은 마치 네 구의 시체가 널브러진 연극무대 같았다. 아무 움직임 없는 어두운 무대에 오로지 키토 기준의 시간을 알리는 숫자만이 점멸하고 있는. 이제 주변에 보이는 모든 사물들은 자신의 존재의미를 잊기 시작했다. 흔들림조차 없는 엘리베이터는 자신이 어디를 향하는지 잊고 그저 천천히 지구로부터 멀어졌으며 침대는 자신이 무엇을 하는지 모르고 멍하게 끝없는 진공을 바라보고 있었다. 레테의 강을 건넌 이가 돌아서 기억하지 못하는 자신의 지난 삶을 바라보는 눈빛이 이럴 것이다. 그러니까 모든 두려움은 문을 열기 전의 것이었다. 문을 연 후에는 허망으로 사라진다. 강을 건너는 이는 깨닫는다.

D-2502h

'이제 42시간 후면 정지위성 루터에 도착한다. 표면적이 1,600㎢의 태양전지로 덮여있고 그 꼭대기에 거대한 전자총 열두 개가 지구의 자극을 노려보고 있으며 뒷면에는 지구를 탈출하는 소수의 사람들을 위한 주거시설이 설치된 소행성, 지구 주변을 지나다가 인간들에게 붙들려 지구의 정지위성으로 변신한 거대한 암석덩어리, 그곳이 지금 내가 향하는 곳이다. 내가 바닥 없는 암흑을 건너 찾아가는 곳, 그곳에는 지금 인숙이 있다. 그리고 나는 뭔가를 해야 한다. 뭔가를 작동하지 못하게 하는 일이 내 일이다.'

나는 계속 중얼거리고 있었다. 쥐어짠 스펀지에서 물이 빠져나가듯 뭉텅, 기억들은 탈수되었다. 나는 그저 껍데기만 남고 나를 이루는 모든 에너지들은 저 암흑의 공간으로 흩어져 사라지는 것 같았다. 그러나 이 어둠의 터널에서 마음 놓고 모든 것을 잊을 자유는 내게 없었다. 내가 혼자 중얼거리고 또 중얼거리는 이유였다.

저승의 땅에 이르려는 자가 마지막으로 건너야하는 강, 스틱스는 왜 증오의 강일까? 삶에 관한 미련뿐 아니라 기억마저 다 던져버린 자에게 증오할 무엇이 남았을까? 아마도 그 증오는 죽은 자의 것이 아니리라. 스틱스는 어떤 빛도 반사하지 않는 강철 같은 암흑으로 그저 침묵할 뿐이다. 죽음이 그러하니까.

증오는 죽음의 땅을 모르기 때문에 두려워하는 자들이 꾸며낸 저주였다. 그럴지언정 지금 나를 둘러싼 강철 같은 암흑의 침묵은 완벽한 탈진이었다.

이제 지구는 세 사람이 손을 잡고 둘러서면 꼭 안길만큼 멀어졌다.

D-2462h

두 시간 후면 지상에서 저승까지 떨어지는 시간인 아흐레가 끝난다. 어딘가에 도착하는 것이다. 암흑과 적막으로 가해진 9일 동안의 고문을 통과한 지금, 삶이든 죽음이든 어디에도 항복할만한 했다. 다가오는 것이 무엇이건 무조건 끌어안고 싶었다.

먼 곳에서 반짝이기만 하던 정지위성 루터가 세밀하게 모습을 드러내기 시작한 것은 세 시간 전이었다. 지구와는 우주엘리베이터라는 탯줄로 이어져있는 자식으로 지구궤도에서 수없이 바라봤던 정지위성이지만 실제로 가까이에서 그 모습을 보는 일은 처음이었다. 촬영 자체가 엄격히 통제되어 있는데다가 지상에서 망원경이나 위성의 장비로 관측을 시도하더라도 전자기파 산란장치가 은밀하게 작동하고 있어 제대로 된 모습을 볼 수 없었다. UN과 SDU에 근무하는 사람 중에도 기밀을 다루는 부서의 사람들이 아니면 전체적인 모양을 아는 사람은 없었다. 조금씩 커지는 정지위성 루터의 전체적인 모습은 좀 우스꽝스러웠다.

  점점 형체를 드러내는 정지위성 루터를 한마디로 표현하자면 은박지로 감싸놓은 고구마였다. 우주를 떠도는 소행성은 대부분 행성의 잔해로 폭발과 충돌의 결과물이다. 그 결과 모양은 깨진 바위조각과 크게 다를 바 없었기에 루터 또한 조금 길쭉한 고구마를 납작하게 눌러 놓은 모양이었다. 그 중앙으로 우주엘리베이터의 긴 터널이 그 끝을 박고 있었다.

  루터의 표면 전체는 한 변의 길이가 10m인 태양전지판으로 거의 완벽하게 둘러싸여있었다. 이 태양전지는 유연한 관절을 가진 지지대로 서있기 때문에 스스로 태양에너지를 흡수하기에 가장 효율적인 각도를 유지하고 있었다. 처음 모습을 드러낸 루터는 이렇게 수백만 개의 반짝이는 비늘을 뒤집어쓴 기괴한 괴물이었다.

  우주공간에 전혀 어울리지 않는 이 어색한 반짝임이 눈에 익기 시작하자 그다음으로 두드러지는 것은 역시 전자총이었다. 루터의 납작한 타원면의 끝선을 따라 일정한 간격으로 설치된 대형 전자총은 중세 기사들이 들고 다니던 창과 비슷했지만 다이어트에 실패한 모양이었고 길게 뻗은 발사관 뒤로는 목도리도마뱀을 연상시키는 타원면의 반사판이 설치되어있었다. 모두 지구 자기극의 한쪽 면을 향하고 있는 날카로운 창끝은 어림짐작해도 그 길이가 2Km 이상, 그러니까 지구상의 가장 높은 건물들과 비슷한 규모를 가지고 있었다. 내가 해야 할 작은 일은 저 거대한 창끝의 방향을 지구가 아닌 다른 우주로 향하게 바꾸는 것이다.

이제 천천히 모습을 드러내는 또 하나의 실체가 다가왔다. UN과 SDU가 철저하게 숨기고 있는 주거시설, 2만여 명의 사람이 우주환경에서 살아가려 만들고 있는 주거시설은 정지위성을 둘러싼 태양전지의 바로 아래에 위치해 있었다. 사람이 살아가는 주택의 지붕에 태양전지가 설치되어 있는 지구에서 익숙한 풍경을 떠올릴 수 있지만 이 경우는 거대한 태양전지로 뒤덮인 대지의 지하에 몰래 숨어든 벌집 같은 형국이었다. 끝없이 펼쳐진 태양전지와 소행성의 표면 사이는 작은 거품들로 가득 차 있었다. 멀리서는 전혀 식별할 수 없는 반짝이는 거품들, 그것은 작은 거품들이 모여 만든 거대한 거품 덩어리였다. 벌집 형태의 거품 하나는 가족이나 개인을 위한 기본적인 단위 공간일 것이다. 하나하나의 공간은 다시 다른 공간과 여러 벽면을 함께 나누면서 증식해가는 형태를 이루고 있었다. 가까이 다가갈수록 거품은 선명했다. 바다에 사는 게가 자신의 입 주변에 만드는 거품 같기도 했고 군락을 이루고 부화를 기다리고 있는 도롱뇽의 알들 같기도 했다. 알이 품고 있는 작은 핵 대신 안에서 부유하는 사람들의 모습이 곧 보일 것이다.

D-2460h

남은 두 시간은 느리게 갔고 정지위성 루터는 시간의 속도만큼 천천히 자신의 몸집을 불리며 다가왔다. 처음에 우스꽝스러워 보이던 위성은 다가올수록 날개의 인간을 압도하기 시작했다. 지름 50Km의 작은 소행성이 아니라 표면적이 1,600㎢에 달하는 거대한 우주선으로 변신하고 있었다. 우주엘리베이터가 루터로 다가가면서 가장 먼저 만난 것은 바깥으로 돌출된 전자총이었다. 멀리서 봤을 때 펼치다만 우산처럼 보이던 전자총들은 막상 가까이 다가가 스치듯 지날 때에는 마치 비행기를 타고 거대한 산의 협곡을 지나는듯한 착각을 불러일으킬 정도였다. 작은 비늘처럼 반짝이던 태양전지 하나하나도 압도적인 크기였지만 소행성의 곡률에 따라 부드러운 곡선을 그리며 배열된 태양전지들이 수시로 몸을 뒤틀며 태양을 마주하려 몸을 뒤채는 동안 수많은 항성들을 담았다가 지우는 율동은 규모를 헤아리기 어려운 우주적 군무였다. 이것이 정말 인간이 만든 시설이라는 사실이 믿기지 않았다.

인간이 만들어놓은 수많은 시설들 중 마음에 걸리는 시설이 눈에 들어왔다. 태양전지가 설치되지 않은 부분이었다. 지구를 바라보고 있는 쪽이었기에 밝게 드러날 수 있는 부분이었지만 움푹 꺼진 협곡 안에 또 하나 커다란 시설이 있었다. 정지위성 루터를 지구의 영향권에서 벗어나게 힘을 만드는 엔진인 핵추진기이자 내가 작동을 멈추게 해야 할 목표이기도 했다. 위아래로 길쭉한 애벌레의 고치를 너비로 반을 잘라 벽에 붙여놓은 모양으로 길이만 해도 80미터를 넘어가고 있었다. 저 안에는 작은 핵폭발을 일으키는 연료와 제어기, 그리고 추진방향을 조절하는 반작용 튜브가 설치되어 있을 것이다.

엘리베이터 캡슐이 정지위성 루터에 다가가면서 속도를 줄이고 있다는 사실을 몸을 고정하고 있던 침대가 천천히 나를 잡아당기는 힘으로 말해주었다. 관성 때문에 앞으로 계속 나아가려는 내 몸을 암흑의 허공이 등 뒤에서 잡아끌었다. 이제 엘리베이터는 출발지인 카얌베 산 정상에 있던 것과 똑같은 모양의 건물의 꼭지를 향했다. 면봉의 머리처럼 우주엘리베이터의 터널을 감싸고 빨아들이는 정지위성기지 또한 그 속은 검었다.

지구에서 멀어지면 우리가 버릇처럼 말하는 위, 아래, 좌, 우는 사라지기 때문에 모든 좌표는 고정된 별자리를 기준으로 사용한다. 그러나 인간은 뭔가 거대한 것을 만나면 모든 기준을 그것에 맞춰 생각하기 시작하는 버릇을 가지고 있다. 정지위성 루터 또한 지구에 비하면 작은 돌덩어리에 지나지 않지만 인간에게는 거대한 성취 중 하나였다. 실제로 그 앞에 선 인간은 모두 경탄을 참을 수 없었으며 대부분 경배의 시선으로 바라볼 수밖에 없었다. 지구를 향해 입을 벌리고 있는 우주엘리베이터의 정지위성기지로 캡슐이 들어서자 머리 위로 다시 심연이 펼쳐졌다. 바닥이 없는 것은 이쪽도 매한가지였다. 가벼운 현기증이 일었다.

D-2459h

분명 슈나이더였다. 스페이스셔틀 호루스에서 같이 근무했던, 그 떠버리 인종주의자 슈나이더가 분명했다.

엘리베이터에서 내려 간단한 도착 수속을 위해 검색게이트로 이동하는 레일은 분주하고 혼잡했다. 대부분의 사람이 처음 겪는 무중력 상황인데다 그 상태에서 이동레일에 고리를 걸고 벌집모양으로 나뉜 방 사이를 이동하는 일은 쉬운 일이 아니었다. 6각형의 입체로 24면체의 형태를 갖춘 방 하나는 지름이 대략 6미터 정도의 구형 공간이었다. 인간에 비하면 거대한 소행성이었지만 지구에 비하면 비교할 수 없는 덩치 탓에 중력이라고는 거의 없는 것과 같았다. 이 정도면 무중력 상태에서는 꽤 큰 공간이었다.

우주엘리베이터가 연결된 H-13-7 구역은 정지위성의 특성상 항상 지구와 얼굴을 마주하고 있는 지역이다. 달이 지구에 한쪽 얼굴만 보여주는 원리와 같았다. 이 지역의 벌집형 외벽은 투명하되 어떤 빛도 반사하지 않는 재질이었다. 분명 지구나 다른 위성에서 루터에 숨겨진 주거시설을 관측할 수 있는 가능성을 고려한 결과일 것이다. 그 덕에 내부에서 외부를 볼 때도 훨씬 어두웠고 지구는 더 창백한 얼굴로 변했다.

엘리베이터 캡슐은 속속 사람들을 뱉어냈고 대여섯 명씩 던져진 사람들은 어쩔 줄 몰랐다. 그러나 다음 순간 진행요원들에 의해 바로 이동레일에 부착되어 여러 개의 문으로 사라졌다. 바로 여러 개의 검색게이트로 이동하는 길이었다. 길이 나뉘면서 사람의 수는 줄었지만 통로마다 몇몇은 부딪치고 몇몇은 허공에서 뒤엉켜 버둥거리고 있었다. 자칫 잘못 힘을 주면 몸은 대책 없이 회전하기 시작했지만 사람들은 회전운동을 천천히 진정시키는 방법을 알지 못했다. 첫 우주유영을 경험할 때면 누구나 겪는 일이었지만 중력이 강요하던 방향성에 익숙했던 사람들에게는 대혼란이었다. 어쩌면 이들은 무중력상태에서 새로운 진화의 방향을 모색해야할 인류의 첫 세대가 될지도 모르는 일이었다. 그렇다면 나이와 상관없이 모두가 새로운 걸음마를 배우고 있는 것이다. 새로운 걸음마는 새로운 환경에 정착하는 시작이겠지만 이곳에서는 밑 없는 시간과 암흑과 치러야 할 싸움의 첫발자국이라는 사실을 저들은 짐작하지 못했다. 접착섬유로 아이를 배에 품은 거구의 백인 남자가 통제되지 않는 회전에서 아이를 보호하려 거의 비명을 지르며 제멋대로인 자세와 싸웠다.

두 마리의 뱀이 서로의 꼬리를 물고 있는 원 안에 비틀린 십자가가 그려진 정지위성 루터의 로고를 등에 새긴 직원 몇은 고리도 없이 빠르게 유영하며 사람을 밀고 이끌어 상황을 정리했다. 인숙을 만나야했다. 지금은 인숙이 이곳의 어디에 있는지조차 알 수 없는 상황이었다. 우주 유영에 익숙한 나는 고리를 끊고 빨리 이동해 이 혼란스러운 상황에서 벗어나고 싶었지만 괜한 주목을 받을 일은 하지 않아야했다. 헤매는 사람들 사이에서 꾹 참고 조금씩 나아가는 수밖에 없었다. 나도 모르게 손은 이마를 쓰다듬었다. 이식된 칩의 얇은 사각형이 느껴졌다.

그때였다. 누군가 아주 익숙한 몸짓으로 진행하는 사람들을 앞질러 지났다. 편한 반바지 차림의 백인 남자는 통로에 설치된 손잡이를 부여잡았다. 몸은 손을 중심으로 자연스레 회전하였고 내벽에 가볍게 부딪치며 방향을 틀었다. 한쪽 눈은 밝게 빛나고 있었다. 망막 스크린이었다. 그는 나를 똑바로 바라보았다. 그리고 이내 그 야비한 웃음을 지으며 내게 윙크를 보냈다. 슈나이더였다. 이유는 알 수 없었지만 그가 이곳에서 마치 자기 집인 양 편하게 놀고 있었다. 그리고 마치 내가 올 것이라는 사실을 알고 있었다는 듯 자연스레 알은 척을 하며 지나갔다.

그 웃음은 나에 관해 알고는 있지만 넓은 아량으로 발설은 하지 않겠다는, 그러나 언젠가는 그에 해당하는 대가를 받아갈 것이라는 무언의 다짐 같은 것이었다. 저 꼬리가 긴 웃음과 윙크가 어딘가 깊게 찔렀다. 척수를 타고 내리는 긴 전기 자극이 지나자 손바닥이 축축해졌다. 저 자가 어떻게 이곳에 있는지 알 수 없었지만 그라는 존재만으로도 작은 악몽이었다.

D-2458h

이해할 수 없는 일은 연속적으로 일어났다. 두개의 격리된 공간을 가로질러 내게 배정된 검색대에 다다르자 나를 기다리고 있던 사람은 호루스에서 우주심리학자로 같이 일했던 안젤라였다. 어색했다. 지상으로부터 36,000Km나 떨어진 작은 소행성 위에서 함께 일했던 사람 둘을 연속적으로 만나는 일은 단순한 우연으로 볼 수 없는 일이라는 생각이 들자 어색함은 긴장으로 변했다.

안젤라의 긴 금발을 받치고 있는 하얀 피부는 어두운 실내 분위기 때문에 극적으로 창백해보였다. 몸에 밀착된 SDU의 유니폼을 입은 그녀는 지구를 향하고 있는 외벽 쪽 좌석에 몸을 고정하고 뇌스캔 장비와 함께 나를 바라보고 있었다. 현장에서 일하던 일개 우주심리학자가 SDU의 상위직 유니폼을 입고 지구를 탈출하려는 방주에 앉아있다는 사실은 그가 호루스에서 맡고 있던 진짜 임무가 무엇인지 짐작할 수 있었다. 안젤라의 눈빛은 딱히 친근한 것도 아니었지만 모르는 척하려는 의도도 없었다. 그저 조금 냉랭함 같은 것이 섞여있었다. 당황스러움을 감추지 못하고 있는 나를 바라보며 먼저 입을 뗀 것도 그녀였다.

"닥터 김, 죽음을 건너온 기분은 어떤가요?"

순간 나는 어떤 죽음이냐고 물을 뻔 했다. 우주엘리베이터를 폭파하려 했을 때의 나는 막무가내로 죽음을 각오하고 있었고

186

또 지상에서 점멸하는 수많은 죽음을 건넜다. 인숙에게 다가오는 죽음도 그중 하나였다. 그리고 무엇보다도 지구가 죽음을 맞이하는 소리를 들으며 괴로워한 시간도 짧지 않았다. 이곳으로 오는 길 또한 아흐레 동안 죽음을 건너는 길이었다.

"죽음도 여러 종류가 있더군요. 그런데 당신은?"

오만이었다. 죽음이 여러 가지라니. 그러나 안젤라가 누구를 위해 무슨 일을 하고 있는지 확실히 알기 위해서는 자극이 필요했다. 그의 반응이 내가 얻을 수 있는 유일한 데이터였다. 그의 파란 눈 중 한쪽은 조금 전 슈나이더의 것처럼 발광하고 있었다. 망막스크린으로 자신들끼리 정보를 주고받고 있는 것이다. 그러니까 모두 내 얘기를 하고 있는 것 같았다. 나만 모르게. 듣는 순간 항복해야할 것 같은 안젤라의 목소리는 더 깊어졌다.

"스틱스 강은 어떻게 울던가요? 그곳에서도 당신은 증오를 버리지 못했나요?"

"그보다는 당신이 살아있을 날들에 관심을 가지는 것이 더 나을 것 같은데요? 동료로 생각했었는데, 내가 순진했군요."

"소속은 다르지만 내가 닥터 김에게 적대적일 이유는 없어요. 오히려 당신이야말로 우리 모두를 동료로 생각하고 이곳에 온 것은 아닌 것 같은데."

"그냥 신념이라고 해두죠. 이 문제로 당신과 논쟁할 기분도 상황도 아닌 것 같네요. 혹시 더 궁금한 것이 있다면 찰스에게 물어보는 게 빠를 거라고 생각됩니다만."

안젤라의 목소리는 더 낮아졌다.

"극적인 변화이군요. 당신은 이렇게 시니컬한 사람은 아니었는데. 믿지 않겠지만 난 그저 당신을 돕고 싶어요."

내 몸은 천천히 회전하고 있었다. 아니 안젤라가 등 뒤에 지구를 매달고 내 주변을 떠돌고 있는지도 몰랐다. 고정되어있는 의자를 손으로 쥐었다. 이곳에 더 오래 있고 싶지 않았다. 그녀가 누구를 위해 일하는지, 내게 뭘 원하는지, 이런 사실들은 지금 내게 아무 의미가 없다는 생각이 들었다. 더욱이 슈나이더가 여기서 무엇을 하고 있는지도 중요하지 않았다. 내가 여기 온 목적은 안젤라의 곁에 있는 뇌 스캐너에 내 이마에 이식된 칩을 다가가게 하는 것이었다. 그러면 칩은 특수한 펄스 형태의 신호를 정지위성 루터의 네트워크에 심을 것이고, 그 씨앗이 되는 신호는 전자기 환경에서 스스로 싹을 틔우고 증식해 정지위성 루터의 핵추진체를 무력화시킬 공격 프로그램으로 성장할 것이다. 아주 간단한 움직임 하나면 나와 안젤라 모두의 임무는 끝나는 것이다.

"인숙은 어디에 있습니까? 모든 통신이 제한되어 있던데."

"찾는 일은 어렵지 않을 거예요. 그런 일이 비밀은 아니니까요."

"그럼 빨리 당신 일을 끝내주면 고맙겠는데, 그래야 나도 내 할 일을 할 수 있으니까."

이상했다. 안젤라는 스캔에는 관심이 없다는 듯 다른 질문만 해대고 있었다.

"2년 가깝죠? 우리가 같이 일했던 시간이."

"당신에게는 아무런 감정도 없습니다. 이 말은 미워할 이유도 없고 동료 이상의 끈끈함도 없다는 말입니다. 그러니까 빨리 이 지루한 의례를 끝내주었으면 하는데요. 당신 말대로 옛정을 생각해서라도."

스스로도 뜨끔할 만큼 나는 서두르고 있었다. 그러나 나는 스스로를 이해할 수 있었다.

"저는 닥터 김이 했던 말을 기억해요. 그렇죠. 지구는 그저 섬세하고 나약한 유기체라고. 지구궤도에서 지구를 바라보는 당신의 눈빛은 마치 멀리 떨어진 애인을 바라보는 것처럼 따뜻하고 애잔했어요. 그저 우주공간을 건너온 단조로운 태양의 전자기파가 지구를 만나는 순간 푸른 대양이 되고 붉은 노을로 변하고 또 흰 구름의 속내가 드러난다고. 살아있는 모든 것이 연결되어 있고 그래서 그 생명들을 받아들인다면 더 큰 생명으로 성장할 수 있다고, 더 커다란 정신이 될 수 있다고."

아무 말도 할 수 없었다. 내가 했던 말이고 또 진실이었지만 지금은 빨리 인숙을 만나는 일 말고는 생각할 수 없었다. 내가 할 말을 찾지 못하자 안젤라는 다시 말을 이었다.

"우주 안에 있는 모든 것이 마술 같은 일이고 마술 같은 사건인데, 그러니까 무슨 일이 일어나도 놀라지 말라고, 또 어떤 식으로 마지막이 닥쳐도 경외에 찬 눈으로 바라보면 된다고. 그러니 상관하지 말라고. 기억은 하나요?"

"지금 내가 할 수 있는 말은 상관하지 말라는 말뿐이군요. 당신은 당신의 일을 빨리 끝내주세요. 그래야 내 일을 할 수 있으니까."

"이 일은 마치 신대륙으로 몰리는 이민자들에게 실시했던 전염병 검사 같은 일이죠. 사람들의 뇌파를 들여다보고 나면 옛날에 뿌리던 흰 DDT 가루를 뒤집어쓴 기분이 들어요. 흰 가운에 마스크 하나를 쓰고 그 하얗고 강력한 살충제를 뿌리는 사람도 결국은 하얗게 뒤집어쓰잖아요? 당신은 그냥 가세요. 당신 뇌까지 긁고 싶지 않아요."

D-2457h

난감했다. 안젤라가 보인 뜻밖의 행동은 모든 것을 엉망으로 뒤흔들고 말았다. 그저 뇌스캔만 받으면 되는 간단한 일이었다. 그리고 나는 인숙을 찾아서 지구로 향하는 엘리베이터에 탑승하면 그만이었다. 그런데 그 짧은 스캔마저 거절당한 것이다. 가능성은 두 가지였다. 그저 안젤라가 한때 동료였던 사람에게 보인 눈치 없는 배려가 아니라면 저들이 이 은밀한 계획까지도 모두 알고 있다는 사실을 인정해야했다. 그러나 이 계획이 탄로 났다면 나를 제지하지 않고 이렇게 내버려두는 이유가 저들에게도 있어야했다. 안젤라가, 또 슈나이더가 그들에게 무슨 말을 했을지도 상상이 가지 않았다.

생각은 지구력을 잃고 있었다. 다음 순간 인숙이 있는 곳으로 가야한다는 본능만이 내 행동을 이끄는 주인이었다. 방마다 설치된 패널에서 인숙이 있는 방을 찾았다. 네트워크는 이 정도 쯤은 비밀도 아니라는 듯 쉽사리 위치를 실토했다.

H-10-1 구역. 중앙 본부에서 가까운 지역이었다. 본부는 아마도 찰스를 비롯한 고위직들을 위한 커다랗고 비밀스러운 방일 것이다. 방을 나서 10여 미터 이동하자 구역과 구역을 잇는 넓은 지름 5m 가량의 간선통로가 나타났다. 상대적으로 먼 거리는 캡슐형 엘리베이터로 이동하지만 사람이 직접 이동할 경우에는 이동레일에 몸을 부착시키고 따라가도록 설계되어 있었다. 가장 빠른 속도로 움직이는 이동레일을 찾아 몸을 부착시켰다. 얼핏 보아도 속도가 시속 10Km를 넘었다. 지상이라면 사람이 가볍게 달리는 정도의 속도이지만 무중력상태에서 반대편에서 움직이는 사람과 충돌한다면 큰 부상을 당할 수도 있는 속도였다. 몸을 부착시킬 수 있는 이동레일은 나선구조로 통로의 안쪽 벽을 세 겹으로 휘감으며 진행하고 있었다. 세 겹의 구조는 이동속도별로 느린 것, 보통, 빠른 것으로 나뉘어있었고 자신이 원하는 속도에 따라 나오는 문을 선택하면 여유 있게 레일에 몸을 부착시킬 수 있었다.

그렇게 간선통로를 두 번 갈아타고 나서 본부로 향하는 지선 통로를 확인하고 인숙이 머무는 방을 찾기 시작했다. 답답한 마음에 다시 확인해보았지만 어떤 무선통신도 이루어지고 있지 않았다. 긴 30분이었다.

D-2456h

이곳에서도 인숙의 잠은 얕았다. 내 신분이 확인되고 문이
열리자 바로 눈을 뜬 인숙은 방안을 둘러보았다. 인숙이 나와
눈을 맞추고는 작은 탄식을 흘리며 누에고치처럼 몸을 둘러싼
침낭을 걷어내려 움직였지만 방법을 찾지 못하고 있었다. 지
구를 떠나 이 작은 소행성에 있는 인숙이 내게 익숙지 않은 것
처럼 몸을 고정하는 무중력 침낭에 매달려 자는 잠에 적응하기
에는 인숙에게 너무 짧은 시간이었다. 동그랗게 부은 얼굴은
무중력상태에서 공통적으로 나타나는 현상이라 치더라도 인
숙의 혈색은 눈에 띄게 좋아져있었다. 표정의 변화도 더 극적
이었다. 인숙의 얼굴은 조명이라도 받은 듯 환했고 움직임은
활기찼다. 저들의 얘기가 맞는듯했다. 원인 불명의 병 아포토
시스는 지구에서 멀어질수록 호전되고 있었다.

나는 천천히 인숙에게 다가갔다. 손을 밖으로 끄집어내어 겨
우 침낭의 조임을 풀어낸 인숙은 화급하게 발로 벽을 찼고 덕
분에 내게 너무 빨리 돌진해왔다. 이런 상황에 익숙한 내 몸
은 무슨 일이 일어날지 알고 급히 몸을 틀려 했지만 내가 피하
면 인숙은 이 상태로 혼자 격벽을 향해 돌진할 상황이었다. 살
짝 몸을 틀면서 오른손으로는 인숙의 어깨를, 왼손으로는 허리
를 잡았다. 그러자 뒤엉킨 두 몸은 빠르게 회전하기 시작했다.
인숙은 웃고 있었다. 마치 반사된 내 웃음 같았다. 천천히 몸을

가까이 끌어안을 무렵 머리가 벽에 세게 부딪혔다. 통증을 느낄 새도 없이 다음 순간 인숙의 등이 벽에 충돌했다. 뒹구는 돌처럼 우리는 둥근 벽을 따라 부딪치고 튀어 오르기를 반복했다.

D-2455h

"돌아가자, 지구로."

인숙은 고개를 끄덕였다. 그리고 웃었다.

"이곳에서 몸은 가벼워졌지만 누군가 계속 지구에서 나를 부르고 있어. 내가 죽어야한다면 그럴만한 이유가 있다고 계속 얘기해주었어. 목소리가 들려, 가슴으로. 중호 씨의 마음 이해할 수 있을 것 같아."

눈물 한 방울이 인숙의 눈가에서 허공으로 분리되었다. 동그랗게 몸을 웅크린 눈물은 허공에서 갈 곳을 찾지 못하고 떠있었다. 그렇다면 이제 조금도 지체할 이유가 없었다. 문 옆의 컨트롤 패널을 활성화시켰다. 그리고 인숙을 위해 가져왔던 ID카드를 꺼냈다. 신분을 위장하기 위해 미리 만들어놓았던 것이다. 인숙 또한 몸에 어떠한 장치도 이식하지 않았기 때문에 다른 사람의 ID카드로 우주엘리베이터의 자리를 예약할 수 있었다. 2시간 후에 출발하는 캡슐에 자리를 마련했다. 그리고 인숙의 수트팩 안에 밀어 넣었던 에어건을 꺼내 내 포켓에 집어넣었다. 경찰들이 진압용으로 사용하는 에어건은 압축공기를 쏘아 잠시 동안 상대방을 무력화시키는, 상대적으로 온건한 무기였다. 이런 도구를 써야할 상황이 오지 않기를 바랐지만 아직 내게 남은 할 일이 어떤 상황으로 다가올지 알 수 없었다.

문을 나서자 인숙은 등 뒤에서 가볍게 나를 끌어안았다. 그리고 흐르는 물에 몸을 맡기듯 몸에서 힘을 풀었다. 이제 내 움직임에 따라 두 몸은 하나처럼 앞으로 나아갈 것이다. 간선통로를 향하는 이동레일에 몸을 부착시켰다. 채 1분이 안 되는 시간이었지만 간선통로까지 가는 동안 지나치는 모든 사람과 문들이 나를 노려보고 있었다. 입안이 바짝 말라갔다.

우리는 특별한 제지 없이 간선 이동레일에 올랐다. 지구로 떠나는 우주엘리베이터 승강장까지 20분, 뇌스캔을 하는 검색실까지는 18분이 남았다. 인숙에게 우주엘리베이터로 향하는 길과 무중력상태에서 몸을 가누고 방향을 바꾸는 방법을 간단하게 설명했다.

"알았지? 긴장만 하지 않으면 빨리 적응될 거야. 내 일이 정확한 시간에 끝나면 같은 캡슐을 탈 수도 있지만 조금 차질이 빚어져도 곧 따라갈 거야. 지금 정해진 건 엘리베이터를 타고 지구로 올라가는 일뿐이야. 혹 내가 늦더라도 꼭 그 캡슐을 타고 있어야해."

"나를 믿어 내가 그 정도도 못할까봐? 당신이나 조심하고 빨리 와. 먼 길인데 같이 가야지."

이동레일이 환기구 근처를 지날 때 밀려온 바람이 인숙의 짧은 머리카락을 흔들었다. 그때 살짝 드러난 인숙의 옆모습에는 불안을 감추지 못하고 떨리는 눈빛이 있었고 거기에서는 잠깐 바다냄새가 흘렀다.

D-2454h

나는 인숙보다 먼저 지선통로로 갈아탔다. 하나였던 몸이 둘로 떨어지는 순간에도 애써 태연해야했고 또 돌아볼 수 없었다. 돌아보는 일은 한순간 모든 현재를 과거로 굳어버리게 하는 응고제였다.

네 시간 전, 안젤라와 이야기를 나누던 방이 눈에 들어왔다. 다시 안젤라를 선택할 수밖에 없었다. 무력을 사용해야할 경우를 대비해 여자를 선택하는 일이 비겁한 일인지 모르지만 단지 위협으로 해결할 수 있다는 생각이 들었다. 그리고 그에게 해를 끼칠 생각은 추호도 없었다. 아니 대화로, 설득으로 다시 뇌스캔을 할 수 있을지도 모르는 일이었다. 내가 다가가자 문은 자동으로 열렸다. 그러나 예상과 달리 안에서는 남자 두 명이 뜨악한 눈으로 나를 바라보고 있었다. 그사이 사람이 바뀐 것이다. 예상치 못했지만 그렇다고 물러난다면 더 의심을 받을 상황이었다. 일은 뭔가 계속 어긋나고 있었다. 일단 문을 통과했다. 벽에 설치된 손잡이를 잡아 몸을 정지시키면서 다른 한 손은 반사적으로 복부 포켓에 들어있는 에어건을 확인했다. 방의 가운데에서 스캐너를 작동하는 남자가 입을 열었다.

"문을 통과했는데에도 당신에 관한 어떤 자료도 뜨지 않습니다. 이유를 설명할 수 있습니까?"

그의 말이 끝나자 등지고 있던 나머지 한명도 무슨 일이냐는 듯 나를 바라보기 위해 몸을 돌리고 있었다. 최대한 자연스러워야했다.

"국적은 한국이고 SDU에 근무했던 김중호라고 합니다. 신체 이식장치가 하나도 없어서 그래요. 몇 시간 전에 여기에 도착했습니다."

"그런데 지금 이곳에는 무슨 일입니까?"

"통관절차에서 뇌스캔이 제대로 되지 않았다고 통제실에서 다시 받고 오라던데요? 그래야 다음 절차를 진행할 수 있다고 해서요. 나 참, 지금이 어떤 시대인데 아직도 이런 일을 사람의 손으로 진행하다니, 하여간 빨리 끝내주세요."

좀 더 편안하게 능청을 떨어야했지만 식은땀이 나면서 몸은 더 굳어갔다.

"통제실에서요? 지금까지 이런 경우는 없었는데."

남자의 눈이 날카로워지기 시작했다. 턱 근육을 보건대 전체적인 몸의 긴장도가 올라가고 있었다. 왼손으로 스캐너를 고정하는 지지대를 움켜쥐며 언제든지 몸을 움직일 준비를 하고 있었다. 오른쪽의 다른 남자도 벽에 설치된 손잡이를 살짝 움켜쥐고 있었다.

"아니, 그럼 내가 이 지긋지긋한 여행을 끝낸 마당에 이런 곳에 두 번씩이나 오고 싶어서 왔단 말이에요? 그냥 그 갈고리같이 생긴 그걸로 내 머리에 잠깐 대면 끝나는 일이잖소. 나도 빨리 가서 쉬고 싶다는 말이오."

지금 보여준 무례와 짜증은 연기라기보다는 진정 가슴에서 올라오는 말이기도 했다. 상대적으로 건장한 정면에 있는 남자는 다소 의심이 풀린듯했다. 손가락을 까닥이며 내게 더 다가오라는 신호를 보냈다. 나는 다음 손잡이로 손을 옮기며 조금 다가갔다. 그때 옆에 있던 남자가 반대편으로 고개를 돌렸다. 체내통신기기를 이용해 통제실과 연락을 주고받는듯했다.

'삼십초만 참아다오!'

거의 기도에 가까운 혼잣말이었다. 이제 스캐너 1미터 앞에 이르렀다. 그때 소리를 지른 건 통신을 주고받던 남자였다.

"잠깐, 정지!"

일이 조용히 끝나기는 글러먹었다는 생각이 드는 순간 인숙의 얼굴이 눈앞에 떠올랐다가 바로 사라졌다. 스캐너를 쥐고 있던 남자가 놀란 얼굴로 나를 바라보는 순간, 나는 반사적으로 포켓에서 에어건을 꺼내 남자를 겨누었다. 그의 눈이 커지는 것이 보였고 방아쇠를 당기면서 오른쪽으로 고개를 돌려 나를 제지했던 사내를 바라보았다. 그는 급하게 움직여 벽에 숨겨진 무기 캐비닛을 향하는 것이 보였다. 두 번째 발사는 그를 향해야했다.

에어건에서 발사된 압축공기는 스캐너를 가진 사내의 복부를 강력한 힘으로 밀쳐냈다. 사내는 벽으로 밀려나 강하게 부덮혔다. 그러나 그와 동시에 나도 반대편 벽에 강하게 밀리고 있었다. 압축공기가 발사되면서 작용과 반작용의 힘이 함께 생긴 것이다. 말하자면 잠시 잊고 있던 뉴턴의 복수였다. 지상이라면 발을 딛고 있는 땅과의 마찰로 버틸 수 있었을 터였지만 지탱할 무엇도 없는 무중력상태에서는 방아쇠를 당긴 나도 똑같은 힘으로 뒤로 밀리고 만 것이다. 차이가 있다면 압축공기를 맞은 사내는 그 충격으로 한동안 정신을 차리지 못할 것이었다. 내 몸은 뒤쪽으로 텀블링하듯 두 바퀴 돌면서 무릎이 먼저 벽에 부딪쳤다. 정신을 차려야했다. 두 번째 남자를 확인하려면 자세를 잡아야했다. 왼손으로 벽을 부여잡았다. 벽을 바라보고 몸이 진정되자 고개를 돌려 두 번째 남자를 찾았다. 그가 향하던 캐비닛 쪽에서는 그를 찾을 수 없었다. 눈을 다른 곳으로 돌리려는 순간 뭔가 날아와 몸을 벽으로 밀치며 조여왔다. 꼼짝할 수 없었다. 오른손에 들려있던 에어건 또한 누군가 완력으로 빼내고 있었다. 상황을 파악하기 위해서 긴 시간이 필요하지 않았다. 나를 옭죄고 있는 것은 범죄자를 체포할 때 사용하는 웨퍼(WEBPER)였다. 이것은 스파이더맨의 거미줄에서 힌트를 얻어 만든 체포기로 총에서 발사된 가는 섬유다발이 거미줄처럼 사람을 감싸 꼼짝 못하게 만드는 기기였다. 거친 욕을 하고 있는 남자의 얼굴이 내 눈을 가득 채울 즈음 비상벨이 비명을 지르기 시작했다.

D-2453h

섬유다발로 꽁꽁 묶인 내 주변을 둘러싸고 있는 중무장한 경비원들만 해도 20여 명이 넘는듯했다. 검색실의 사내에게 제압당하고 5분이 지나지 않아 모인 이들은 나를 옆방으로 신속하게 옮겨 벽에 고정시켜놓고 모두 누군가와 연락하느라 여념이 없었다. 철저히 격리되었고 철저히 통제되고 있었다. 누군가 중얼거리는 소리가 들렸다.

"이봐, 이번 일이 루터에서 발생한 첫 번째 폭력사태라는군. 안 그래도 좀이 쑤시던 차였는데, 이곳에서 생활이란 게 어둠과 지루함과 대기하라는 지시밖에 없잖아. 그런데 이 친구 아마추어야. 예전 군생활 할 때처럼 화끈하게 한판 하고 싶은데. 제길 이런 일이라도 있어야 진짜 총이라도 한번 만져보는 거잖아."

"맞아. 우리 같은 성격에 여기 생활은 너무 조용해. 차라리 지구에 내려가 화끈하게 살다가 같이 끝을 보는 것도 괜찮다는 생각이 들어. 여기서 더 오래 사는 일이 뭔가 싶어. 아, 제길. 지루한 무중력이야."

특별한 혜택을 받은 이들이었지만 이들이 이곳에서 어떻게 살고 있는지 단적으로 짐작이 갔다. 고개조차 돌리지 못하게 묶여있었지만 바로 눈앞에 홀로그램 영상이 떴다. 찰스였다.

"아, 닥터 김. 또 뭔가 장난을 치셨다구요?"

그는 웃고 있었다. 뭐 이런 일 정도는 대수롭지 않다는 듯.

"흠, 어쩔 수 없군요. 미안합니다. 우리가 크게 배려했다고 생각했는데 이제 우리가 같이하기는 어렵겠네요. 그 정도는 각오했겠죠? 당신 같은 사람들이 변하지 않는다는 사실은 익히 알고 있었지만 지금은 상황이 다르지 않나? 모두가 끝을 앞에 두고 있잖아? 왜 이리 인생을 대하는 자세가 어설프지? 하는 일도 어설프고. 하여간 우리 주목을 끄는 일 정도라면 성공했어요. 당신은 곧 지구로 내려갈 겁니다. 내려가서도 당분간 격리되어있어야 할거요. 그냥 보내드리기에는 당신이 아는 게 조금 있잖아요? 물론 믿거나 관심을 두는 사람도 없겠지만. 그럼 잘 가시오. 또 볼일은 없겠네."

"잠깐!"

힘들게 입을 떼었지만 찰스는 바로 말허리를 잘랐다.

"아, 당신 부인은 집으로 잘 돌아갈 거요. 엘리베이터 예약을 해놓았더군. 안됐지만 좋은 기회를 놓친 거지, 판단력 없는 남편 덕에. 뭐 어리석은 사람들일지언정 우리는 그들의 선택도 존중하니까. 방해하고 그런 일은 없을 거야. 그런데 그 캡슐에는 빈자리가 없다네. 당신은 당신 부인보다 30분쯤 먼저 출발할 거요. 지금 당장. 더 궁금한 것은 없을 거라 보는데, 그럼."

말을 마친 홀로그램이 서둘러 사라지자 나를 포박하고 있던 섬유도 사라졌다. 그러자 다섯 명의 경비원이 우르르 달려들어 내 손목과 발목을 다시 묶었다. 이내 나는 허공에 떠있는 짐짝이 되었으며 네 명이 양쪽 위아래에서 살짝 붙잡고는 끌고 이동하기 시작했고 잠시 후 고위층들이 이동할 때 사

용하는 캡슐 안으로 사라졌다. 루터에서는 누구도 나를 보지
못할 것이다.

D-2452h

허망했다. 어이없는 실패가 그렇지만 인숙과 함께 하지도 못
했으며 또 이렇게 짐짝처럼 우주엘리베이터에 실려 지구로 내
려가는 일 또한 참담했다. 이 일을 하기로 마음먹는 순간에도
지구와 인류의 미래가 내손에 달렸다는 책임감 같은 것은 가
지고 있지 않았다. 그저 내 앞에 놓여있는 많은 죽음 중에 어떤
것을 선택할지 고민하는 방법 중 하나라는 생각이었지만 이런
식의 결말은 예상하지 못한 것이다. 지금 이 순간은 열패감이
무엇인지 충분히 공부하는 시간이기도 했다. 그러나 무엇보다
인숙이 먼저였다.

지구로 출발하는 정지위성의 엘리베이터 기지에서 캡슐로
향하는 동안은 아무런 통과 절차도 거치지 않았다. 죄인이면
서 동시에 짐짝인 사람에게 필요한 절차는 아무것도 없다는 듯
바로 허공에 이끌려 캡슐로 향했다. 6번 레일에서 대기하고 있
던 캡슐에 나는 처박혔고 바로 벽에 고정되었다. 투명한 캡슐
의 외벽을 통해 터널 안쪽을 훑어보았다. 엘리베이터 터널의
넓은 내부 공간은 어두웠지만 각 레일과 움직이는 캡슐의 조명
은 다시 죽음 같은 바닥에서 먼 허공으로 이어져있었다. 처연

했다지만 아름다웠다. 저기 여러 길 중 3번 레일의 캡슐을 타고 인숙은 20분 후에 출발할 것이다. 그러나 내가 할 수 있는 일은 그저 그렇게 믿는 일뿐이었다.

"캡슐이 지구를 향해 출발하고 5분 후면 자동으로 결박이 풀릴 겁니다. 즐거운 여행이 되길 바랍니다."

건장한 백인 경비원은 사무적인 절차를 마치고는 갑자기 내 귀 가까이 자신의 얼굴을 들이밀며 속삭였다.

"너 같은 건 오늘 나한테 걸렸어야하는데, 아쉽군. 철없는 테러리스트 양반."

그가 흘리고 간 싸구려 향수냄새만큼이나 천박한 말투였다. 손과 발이 움직이지 못하게 묶여있지만 그리 불편하지는 않았다. 그저 힘을 빼고 떠있으면 아무런 통증은 없었다. 통증이라는 것이 어쩌면 중력이 만드는 것이라는 생각이 들었다.

몸은 캡슐의 벽에 붙어있지만 곧 결박은 풀릴 것이다. 살짝 충격이 전해졌다. 캡슐이 움직이기 시작하자 대합실 벽에 가려있던 다른 레일의 출발 트랙들이 보이기 시작했다. 멀리 3번 레일의 출발점에 대기하고 있는 캡슐이 보였다. 인숙이 타고 있는 캡슐이었다. 지금 거리는 100여 미터, 그러나 시간이 지나면 더 멀어질 것이다. 인숙은 내 뒤를 따라올 것이지만 따라올 수 없을지 모른다는 의심이 자랐다. 부를 수도, 마음껏 돌아볼 수도 없다는 생각이 드는 순간 한 방향으로 향하는 힘이 느껴졌다. 캡슐은 속도를 높였다. 결박은 아직 풀리지 않았기 때문에 캡슐의 이동에 따라 목을 길게 빼고는 눈으로 쫓아가는 수밖에 없었다. 3번 레일의 끝은 점점 멀어졌고 아무것도 분간할 수 없는 어둠으로 사라지는 데에 채 일분이 걸리지 않았다. 어두운 엘리베이터 출발기지의 바닥으로 가득 채워져 있던 시야는 점점 넓어지고 있었다. 도착할 때 보았던 정지위성 루터의 모습이 반대의 순서로 펼쳐졌다. 소행성의 거친 표면과 수많은 겹을 가진 거품처럼 이어진 방들이 멀어지면서 그 모습이 흐릿해지자 끝없이 펼쳐진 집광판이 거대한 수중생물의 비늘처럼 열을 지어 반짝였다. 그리고 전자총이 육중한 모습을 드러내며 스쳐 멀어지기 시작했고 그들 사이 고치를 닮은 작은 핵추진체도 눈에 들었다. 나는 이곳에서 아무것도 손대지 못하고 다시 지구로 떠나고 있었다. 다시 긴 어둠의 시간만이 기다리고 있었다.

멀어지는 정지위성 루터에서 눈을 떼지 못하고 있는 사이 내 몸을 결박하고 있던 얇은 끈들은 힘을 풀었다. 몸은 천천히 벽에서 떨어지고 있었다. 그때 하나의 점으로 멀어지고 있던 핵추진체에서 작은 불꽃이 튀는 것을 눈으로 확인할 수 있었다. 처음에는 작은 창에 불이 들어오듯 반짝였지만 다음 순간 조금 더 크고 붉은 불꽃으로 변했고 이내 밝은 공으로 커지면서 주변으로 화염이 번졌다가 사그라졌다. 그저 눈으로 보기에는 멀리서 아무 소리 없이 터지는 불꽃놀이 중 하나의 불꽃이었다.

그러나 심상치 않았다. 내가 목표로 했던 핵추진체에서 뜻하지 않은 불꽃이 보인 것이다. 의아한 기분에 뚫어져라 바라보고 있는 동안 몸이 벽에서 밀려나가고 있었기에 손잡이를 잡았다. 사태를 파악하려 바라보고 있던 시간은 3초를 넘어서지 않았지만 지난 3년보다 길게 느껴졌다. 다시 작은 불꽃은 커졌다사그라지기를 반복하다가 이내 사라졌다. 우주공간에서 발생하는 폭발의 전형이었다. 자체 폭발 이후에 바로 화염은 위축된다. 화염을 키워줄 산소가 주변에 없기 때문이다. 그러나 곧다른 연료를 찾은 화염은 스스로를 불태우면서 몇 번에 걸친연쇄작용이 일어나고는 사그라졌다. 아무리 눈을 씻고 바라봐도 핵추진체가 있는 위치가 확실했다. 내가 눈으로 본 것이 사실이라면 내가 소프트웨어로 기능을 정지시키려던 핵추진체를 누군가 물리적으로 폭발시킨 것이었다. 순간 위기감이 엄습했다. 이제 무슨 일이 벌어질까? 나도 모르게 손잡이를 잡은손에 힘이 들어갔다.

D-2451h

손잡이를 움켜잡고 있는 손이 떨리기 시작했다. 그 진동의진원지는 긴장하고 있는 내 몸이 아니었다. 진동은 점점 커졌다. 폭발이 만든 떨림은 정지위성 루터를 흔들고는 우주엘리베이터로 전해져오고 있었다. 소리 없이 출렁이기 시작한 캡슐은 엘리베이터 터널의 흔들림에 따라 미친 듯이 떨었다. 벽을 흔드는 진동은 고스란히 몸으로 전해졌기에 손잡이에서 떨어질 수밖에 없었다. 캡슐 밖에는 진공이기 때문에 소리가 있을 수 없었다. 그러나 캡슐을 채우고 있는 공기는 캡슐의 흔들림에 따라 귀가 찢어지는 비명을 만들고 있었다. 이 진동은 눈으로도 확인할 수 있었다. 캡슐과 그 안의 모든 사물들은 짧은 시간 동안 급격히 흔들리면서 초점이 맞지 않은 사진처럼 테두리가 흐려졌다. 그리고 비명이 전해졌다. 귀를 막았지만 눈은 감을 수 없었다. 언제 어느 곳에 부딪칠지 모르기 때문에 부릅뜨고 주위를 살펴야했다. 그렇게 첫 번 진동이 지나가는 10여 초는 아무런 장비 없이 검은 물속에 버려진 것 같은 시간이었다.

다행히 캡슐과 우주엘리베이터에 큰 파손은 없어보였다. 몸은 반사적으로 투명한 벽으로 다가가 출발지 쪽을 살펴보았다. 정지위성 루터로 이어진 엘리베이터 터널의 출발지 부근이 흐릿해져있었다. 두 번째로 다가온 폭발의 진동이 그곳을 지나고 있는 것이다. 그 흔들림은 빠르게 다가왔다. 손잡이에서 손을 떼고 발로 벽을 차 캡슐 공간의 가운데로 몸을 이동시켰다. 반대편 벽에 닿지 않도록 조심스럽게 몸을 제어해야했다. 귀를 막았다. 아, 인숙은 이 진동을 어떻게 견디고 있을지, 아니 얼마나 고통스러울지 잘 알기에 덜어줄 수도, 함께 하지도 못한 기분은 참담했다.

두 번째 폭발의 진동은 훨씬 더 저음의 굵은 떨림이었다. 고막의 흔들림도 견디기 어려웠지만 뱃속의 장기를 묵직하게 쥐고 흔들었으며 더욱이 뇌는 둔기로 맞은 것처럼 멍해지면서 자신의 기능을 놓아버리려 하고 있었다. 자꾸 감기는 눈을 가까스로 버티면서 이 죽음 같은 진동을 견디는 동안 시간은 다시 흐르는 일을 잊은 것 같았다. 몸속의 장기들은 각각 다른 온도로 부글부글 끓었다. 효과가 있건 없건 귀를 막고 있던 손을 떼고는 배를 감싸고 움켜쥐어야했다. 모든 장기들이 각자 다른 곳으로 흩어지려하고 있었다. 소리는 의미가 없었다. 귀에서 끈적거리는 액체가 흘러나오는 것도 알아차릴 수 없었다.

시간은 아무것도 해결하지 못한다는 저주가 밀려올 즈음 겨우 진동이 잦아들었다. 몸에서 고통이 빠져나가지 않은 만큼 정신은 자신의 자리로 돌아오지 못했다. 다만 먼지처럼 떠다니는 내 몸과 검은 공간만이 거기 있었다. 다음 순간 무엇을 해야 할지 생각할 수 없었지만 몸은 다시 벽을 향했다. 루터 쪽 상황을 알아야 했다. 시간은 이미 인숙이 탄 튜브가 출발한 후라고 말하고 있었다. 눈에 들어오는 엘리베이터 튜브의 끝선을 유심히 살폈다. 다가오는 또 다른 진동은 없는듯했다.

루터로 시선을 돌렸다. 큰 변동은 없어보였다. 그러나 그때 움직이는 작은 점들이 눈에 들어왔다. 작은 점들은 폭발한 핵 추진체를 중심점으로 모든 방향으로 퍼져나가고 있었다. 폭발 후 공간으로 퍼지는 파편이었다. 내 몸에 소름도 함께 퍼졌다. 지금 육안으로는 파편의 크기를 가늠할 수 없지만 크기와 속도에 따라 루터나 우주엘리베이터에 큰 위험을 초래할 수도 있었다. 그러나 내가 할 수 있는 일은 없었다. 이렇게 바라보고 있는 일 말고는.

몇 개의 점이 점점 커지며 다가왔다. 상대적으로 크기가 큰 것 가운데 우주엘리베이터 튜브를 향하고 있는 대여섯 개의 파편이 눈에 띄었다. 눈은 본능적으로 주변의 물건과 크기를 비교하기 시작했다. 얼핏 보아도 큰 것은 10m가 넘어 보였다. 내 심장은 점점 다가오는 재앙까지의 시간을 재고 있었다. 더 빨리, 더 세게 뛰면서. 손은 무언가 붙잡고 놓지 않았다.

반대편 벽에 있는 통신패널을 향해 미친 듯이 몸을 밀쳤다. 정지위성 루터라는 존재를 제외하고는 거의 대부분이 비밀인 만큼 모든 통신패널이 먹통이었지만 지금 내가 의존할 수 있는 것은 그것뿐이었다. 우주공간과 같이 검정색으로 잠자고 있는 패널을 손으로 두들기기 시작했다.

그때 등 뒤가 환해지면서 먹통인 패널 위에 내 그림자가 선명하게 그려졌다. 내 뒤에서 다시 이상한 일이 벌어지고 있었다. 돌아보니 차광 시스템 덕분에 꺼져가는 전구처럼 시들고 있던 태양이 갑자기 밝아진 것이다. 한 순간 거의 2배 이상의 밝기로 태양이 불타고 있었다. 태양의 흑점폭발인 것 같았다. 태양의 국소적인 자기장의 변화로 태양의 흑점이 폭발하면 주변에 지구 수백 배 크기의 코로나가 발생하면서 밝기가 밝아진다. 그러나 문제는 그것이 아니었다. 측정 불가능할 정도의 엑스선과 양성자를 방사하는 것이 문제였다. 지구상에 있는 사람들은 지구 자기장의 보호로 별 영향을 받지 않지만 우주공간에서는 활동하는 사람이나 장비에 치명적인 영향을 주기 때문에 많은 보호시스템을 가동하고 있었다. 그러나 폭발의 규모와 방사선의 영향을 완벽하게 예측할 수 없기 때문에 근본적으로는 막을 수 없는 재난이었다. 지구궤도에서 여러 차례 흑점폭발을 겪어봤지만 지금처럼 5단계 이상인 큰 폭발은 처음이었다. 무심코 고개를 돌렸다. 이미 빛을 본 이상 본능적인 외면 이상의 의미는 없었으며 지금 방사선 피폭을 걱정할 겨를이 없었다.

거짓말처럼 통신패널이 살아난 것도 흑점폭발이 이곳을 쓸고 지나간 것과 때를 같이했다. 흑점폭발이 뿜어낸 방사선이 아니었다면 통신통제시스템에 문제가 생기기 어려웠기 때문이다. 출입문을 포함한 벽 전체에 디스플레이 되기 시작한 통신패널은 조금 전까지의 정적을 보상하려는 듯 모든 영상과 소리를 홍수처럼 쏟아내기 시작했다. 제일 먼저 검은 공간을 채운 것은 뜻밖에 오래된 음악이었다. 귀에 익숙한 오페라 '오르페우스와 에우리디케'에 흐르는 '정령들의 춤'이, 잠깐이었지만 플루트의 멜로디로 정적의 공간에 색을 칠했다. 그리고 여기가 어디인지, 나는 무엇을 하고 있는지 노골적으로 물었다. 의식은 다시 하얗게 탈색되었다.

몰입의 순간 이후 패널에는 소행성 루터와 지구, 루터와 위성들, 루터 안에서 오가는 온갖 통신들이 쏟아지기 시작했다. 본능은 이 수많은 잡음들 사이에서 익숙한 소리를 고르기 시작했다. 무언가 분명 익숙한 목소리들이 섞여있었다. 시스템에 자동 필터링 명령을 내리고는 다시 루터와 우주엘리베이터 터널의 외관이 보이는 것으로 이동했다.

루터에서 엘리베이터 튜브로 빠르게 다가오는 세 개의 파편이 눈에 들어왔다. 그중 하나는 아슬아슬하게 우주엘리베이터를 비껴 지나고 있었다. 그러나 가운데 파편의 궤도는 정확하게 튜브를 향했다. 그리고 2~3초 후, 여지없이 터널에 부딪치면서 몸통의 절반 정도는 부서져 날아가고 나머지 부분은 엘리베이터 터널에 박혔다. 터널 전체가 크게 출렁이는 것이 눈에 들어왔다. 위치는 지금 나의 위치와 출발지인 루터의 중간 정도, 그것보다 중요한 것은 터널의 둘레 위치였다. 대충 가늠으로 내가 있는 6번 레일에서는 조금 비껴고 인숙이 지나야할 3번 레일과 4번 레일의 중간쯤으로 보였다.

엘리베이터 캡슐은 전체가 엮여 같이 움직이는 방식이 아니었다. 개별적인 전자기 추진으로 움직이고 유사시 중간 관절에서 레일을 갈아탈 수도 있지만 외부에서 커다란 파편이 박혀 몇 개의 레일이 파손되었다면 인숙이 탄 캡슐은 더 이상 진행하지 못할 수도 있었다. 이대로라면 인숙은 지구로 돌아올 수 없는 가능성이 훨씬 컸다.

차선책이라면, 아니 죽음이 최악이라 하더라도 그만큼 최악의 상황이 인숙만 다시 루터로 돌아가는 것이다. 나는 돌아갈 수 없는 길이었다. 그저 같이만 있다면 어떤 죽음이든, 어떤 삶이든 견딜 수 있을 것 같았다. 몸을 틀어 통신패널로 돌아가려는 순간, 또 하나의 파편이 내 눈앞을 스쳐 검은 공간으로 사라졌다. 터널 외벽과 불과 몇 미터 떨어진 곳에서 행선지를 알 수 없는 잔영을 남기며 암흑의 어디로 사라진 것이다. 나는 살아

있지만 조금도 기쁘지 않았다. 다만 아무 소리도 없는 무성 입체영화를 보는 듯 현실감이 없었다.

낯익은 목소리들이 들리기 시작했다. 필터링을 거쳐 나와 연관된 몇 개의 목소리를 찾아낸 패널은 그들의 목소리를 들려주기 시작했다.

"……슈나이더가 해냈어요…… 외부에서 직접, 추진체에……"

아직 잡음이 많이 섞여있기는 하지만 누구의 목소리인지 정확하게 알 수 없었다. 정신은 하얗게 탈색되었다.

'그러면,……'

생각할 틈도 없이 캡슐은 다시 크게 흔들리기 시작했다. 조금 전 엘리베이터 터널과 충돌한 파편이 만든 충격파였다. 이번 충격파는 그러나 진동이 아닌 출렁이는 흔들림이었다. 그 사이에도 몇몇의 목소리는 귀에 박혔다.

"……지구와 인류를 위해 꽃가루로 사라진 슈나이더를 위하여!……"

어떠한 분노도 회한도 아쉬움도 낄 틈은 없었지만 아주 작은 분노와 회한과 아쉬움이 파편처럼 스쳤다. 그리고…….

그곳에는 큰 어둠이 있었고 우렁찬 흔들림이 있었고 인숙의 얼굴이 있었다. 그 뒤로 종식의 얼굴이 지나갔고 안젤라, 슈나이더 이런 사람들이 스쳐 지났다. 조금 전 나를 어르고 지나갔던 거대한, 아니 조용한 파편처럼. 그리고 초점을 잃은 한 쌍의 눈이 보였다. 진공 속에, 기억의 진공 사이에.

D-2452h

손을 뻗어보았지만 싸늘한 바람조차도 잡히지 않았다. 그저 조금씩 흐르는 어둠이었다. 의식도, 무엇을 나누려는 분별력도 없지만 어둠은, 아니 암흑은 조금씩 흐르고 있었다. 아니 아니, 암흑은 꼼짝하지 않았지만 깜박이는 작은 점들이, 그러니까 작은 광원들이 시공간의 어느 시궁창으로 쓸려가고 있다고 생각되었다.

지금이 무엇이고 여기가 어디인지, 나라는 정체는 있는 것이며, 누구와 어떻게 구별되는지, 그래서 누군가 흐르기는 하는 것인지.

과거가 무슨 일로 각인되었는지, 그 각인은 또 어떻게 해체되는지, 아니 그래서 나를 구별할 수 있는지, 아니 아니, 여기에 뒤엉켜있는 것은 전체인지, 그러나 모든 것이 중요하지 않아지고 모든 것이 뒤섞여가고 있는 사이, 일단 하나의 어둠이 흐르고 또 하나의 어둠이 부유하고,

3.

D-309720h 또는 끝

파일은 여기서 끝났다. 계산대로라면 블랙홀이 가진 사건의 지평선에 이르기 100일 하고 2시간 전이다. 어떤 계시처럼 내게 온 그것을 우리는 미래라고 부르기도 하지만 모두에게 뜻하지 않은 죽음의 민낯이기도 하다. 이런 상황에서 일개 무명작가인 내가 할 수 있는 일은 이렇게 쓰는 일뿐이었다. 이제 이글을 읽은 사람에게도 짐이 생겼다. 믿고 안 믿고의 문제가 아니라 각각의 존재 앞에 펼쳐진 시공간 안에서 어떤 점을 선택하느냐의 문제이다.

나는 소설의 형식을 빌어 내가 갈 수 있는 곳까지 밀고 왔다. 그러나 이제 이 절벽의 끝에서 깊이 없는 아래를 바라볼 수밖에 없다. 저 아래에서 나를 부여잡고 끌어당기는 무엇은 나의 짐이다. 아니 우리의 짐이기도 하다.

그러니까 나는 알 수 없다. 주거시설을 갖춘 정지위성 루터가 지구의 영향권에서 탈출해 암흑의 우주에서 몇 시절만큼 생명을 더 연장했는지, 아니면 하는 수 없이 작으나마 인류가 에너지 홀로 통과할 수 있도록 힘을 보탰는지, 그래서 그날 이후 100일 즈음에 다른 우주와 겹쳐진 에너지 홀을 통과했는지, 아니면 소소한 노력에도 불구하고 블랙홀이 가진 사건의 지평선을 넘었는지.

이 글이 사실인지 아닌지를 따지기 전에 소설의 구조를 가지고 있다면 글쓴이의 선택으로 어떤 구체적 결말을 냈어야 옳다. 그러나 나는 알지 못한다. 모든 현실이 어떻게 고착되었는지 알 수 없었으며 이런 경우에 문학적 가공이 바로 거짓의 선을 넘어버리는 일이 되고 만다는 생각을 지울 수 없었다. 여러 시공간을 건너가면 무엇이 우리의 현실인지 드러날 것이기 때문이다.

진실은 아니다. 넓혀 말하자면 진실은 우리가 가진 가능성의 개수만큼의 우주에서 모두 현실로 드러난다는 것이다. 다중우주이다. 지금 우리가 이야기하고 판단하는 것은 한 우주에 속해있는 우리에게 드러난 현실이며 드러날 현실일 뿐이다. 그렇더라도 이 현실마저도 내가 단정할 수는 없었다.

그러나 솔직히 얘기하자면 나는 그리 궁금하지도 않았다. 내가 사는 시간에서 멀리 떨어진 일이어서는 아니다. 나의 후손들의 삶은 단지 그들의 것이라고 생각해서도 아니다. 죽음이 무엇인지 조금은 느끼고 있기 때문이다. 죽음에 내용은 없다. 또한 그 외형은 완벽한 단절이라는 현상으로 드러난다. 이 정도는 알고 있다. 단절이라는 것은 자신을 완벽하게 차단해 밖으로 아무런 정보도 내보내지 않는 흑체(black body)와 같은 것이다.

블랙홀이 그어놓은 선을 넘는 순간, 외부로 어떠한 정보도 흘러나오지 않는다. 다만 블랙홀 주변에서 일어나는 일들로 미루어 짐작할 뿐이지만 그 안에 관해서는 그 무엇도 알 수 없다. 정확하게 죽음의 외형이다.

다른 우주도 마찬가지이다. 우리 태양계와 비슷한 다른 항성계가 아니다. 우리 은하계와 비슷한 다른 은하계도 아니다. 1천억 개의 은하계를 품고 있는 암흑이자 137억 년 전에 빅뱅으로 탄생한 우리 우주와는 다른 우주를 말하는 것이다. 당연하게도 다른 우주와 우리 우주는 어떤 상호작용도 가질 수 없다. 그래서 다른 우주이다. 다른 우주로 떠났다면 그것도 죽음이다. 그곳으로 떠난 이들과는 어떤 정보도 주고받을 수 없기 때문이다.

말하기 싫지만 말하지 않을 수 없는 가능성도 남아있다. 김중호는 누구인가, 라는 문제이다. 앞으로 나와 어떤 관계를 가지고 태어날지 나는 단정하지 못한다. 그러나 일말의 가능성을 들여다보자면 밤마다 다리를 긁으며 자는 저 어린 여자 아이가 그의 엄마일 수 있다는 것이다. 이 글이 문학적 가능성을 가지고 더욱 끝으로 향할 수 없는 이유 중 하나는 이런 잔인한 가능성 때문이다.

특정한 정보가 시간을 거슬러 움직일 수 있었던 가능성 또한 이미 언급한 바 있다. 우리의 시공간은 세 방향으로 자유도를 가진 공간과 오로지 한쪽 방향으로 강제된 시간으로 구성되어 있다. 그러나 특정한 상황에서, (그러니까 블랙홀의 내부와 같은) 공간이 한 방향으로 강제되어있는 경우라면 시간은 자유롭게 풀려날 수 있는 가능성을 제기했었다. 그렇다면 종국에 어떤 일이 일어났는지 짐작할 수도 있지만 이마저도 내가 있는 과거에서 일어날 미래를 단정하기에는 섣부른 추측이리라. 이렇게 영상이 어떻게 이곳으로 왔는지 스스로 자문자답하는 이 과정은 내게 아주 무겁다.

나는 사라지기 때문이다. 사라질 것이지만 어떻게 사라질지 그중 한 예가 여기에 있는 것일지 모른다. 나는 어느 날 그저 홀연히 사라질 것이다. 그렇다면 이 영상이 시간을 거슬러 왜 내 시공간으로 찾아왔는지 그 이유를 조금은 설명할 수 있을 것 같다. 아니 설명하기 싫다.

죽음에 내용은 없으며 그 외형은 단절이다. 그리고 만약 죽음에 고통이 있다면 그 크기는 정확하게 자신의 죽음을 선명하게 바라보는 일과 같을 것이다. 그러나 나는 그것도 궁금하지 않다. 다만 깊은 밤 정체모를 파일을 열어보아야하는 일이 당신에게 닥친다면 그 호기심에 바로 항복하지 않기를 권한다. 당신은 고양이처럼 아홉 개의 목숨을 가지고 있지 않지만 아홉 개의 죽음은 가지고 있는 존재이기 때문이다.

스토리밥 문학선 1

폴픽 Polar Fix Project

초판 1쇄 2017년 3월 20일

지은이 김병호
펴낸곳 스토리밥 출판
등록번호 제 367-2016-000009호
주 소 대전시 유성구 유성대로 788, 301 (장대동)
전 화 019-9175-3020, 070-7653-3020
팩 스 042-322-3376
전자우편 storybob@hanmail.net

ISBN 979-11-960472-0-7 03810

* 이 책은 2013년 아르코문학창작기금을 수상한 작가의 작품입니다.